STORIA DI UNA GAMBA E ALTRI RACCONTI

IGINIO UGO TARCHETTI

STORIA DI UNA GAMBA

Non mi dimenticherò mai di quel giorno in cui lo conobbi né del modo con cui lo conobbi. Fu una di quelle rivelazioni piene, ardenti, istantanee; una di quelle espansioni d'animo pronte e complete che non si fanno, non si ricevono e non si conoscono che a quattordici anni. A quell'età gli affetti sono subiti come i rancori, le amicizie rapide come gli affetti, gli affetti inconsiderati come le ire. A quattordici anni si amano tutti coloro che hanno quattordici anni. Più tardi si amano tutti indistintamente, che è lo stesso che dire che non si ama nessuno, perché non si predilige nessuno.

Chi ha riconosciuto Eugenio M., chi n'ebbe le confidenze e l'affetto, si sarà ricordato di quell'epoca della vita in cui si pensa, si opera e si ama in un modo così diverso dagli altri; di quell'età, pensando alla quale è impossibile che non si abbia ad esclamare più tardi: "Quanto io era allora migliore!".

Eugenio aveva però toccati i ventiquattro anni quando io lo conobbi, teneva ancora del fanciullo, ma aveva già in tutto dell'uomo; avesse egli vissuto una lunga esistenza sarebbe pur sempre rimasto uomo e fanciullo ad un'ora.

Coloro che nella scorsa primavera solevano passeggiare nelle prime ore del giorno nel pubblico giardino di Milano, si ricorderanno forse di avervelo veduto. Era una figura bella e patita, un viso di fanciulla a tratti virili, un volto bianco che si vedeva essere stato un tempo rosato, una testa a capelli castani e ad onde poco marcate – aveva baffetti fini e nascenti – era amputato della gamba sinistra a metà il femore e si trascinava appoggiandosi ad una stampella da un fianco, e sorreggendosi dall'altra con una grossa canna di giunco.

Chi lo vide n'ebbe pietà, chi lo conobbe intimamente ne pianse: nessuno può averlo veduto o conosciuto che non ne abbia serbato memoria. Io soleva recarmi tutti i giorni in quel giardino, e ve lo trovava ogni volta: spesso vi andavamo entrambi sì per tempo, che non v'erano altre persone in fuori di noi, né potevamo non incontrarci, né esimerci da un sentimento d'interesse reciproco, che ci traeva ad osservarci vicendevolmente. Dal canto mio vi era della pietà, dal lato suo della simpatia; in entrambi una curiosità affettuosa dei nostri casi e di noi. Non ci avevamo parlato, ma ardevamo di farlo; io sapeva che egli lo desiderava, egli era certo che io divideva il suo desiderio, e pure nessuno di noi aveva osato rompere il silenzio. Se ci passavamo d'accanto, il saluto ci moriva sulle labbra; se ci trovavamo seduti sulla medesima panca, i nostri cuori tentavano di avvicinarsi, i nostri sguardi si dirigevano a due punti opposti – era un'attrazione ed una repulsione continua – spesso io me ne doleva, poi ne rideva meco tacitamente: mancavaci un'occasione che ci mettesse in pace col nostro orgoglio; e non tardò a giungere.

Un mattino io gli passava dappresso, quando egli, nel ritrarre la sua stampella che erasi affondata un poco nel terreno ancora molle di pioggia, uscì d'equilibrio e cadde. Io mi precipitai sopra di lui, e rialzatolo, gli offersi il mio braccio, lo pregai a riposarsi sopra un sedile, e me gli sedetti dappresso. Tacemmo per qualche istante; la nostra situazione era sì penosa e quell'imbarazzo parevami così puerile che volli uscirne ad ogni costo: ruppi il silenzio con una esclamazione d'obbligo in queste circostanze:

"Che bel mattino!".

"Magnifico!" egli disse.

E come indispettitosi del mio ritegno e del suo, mostrandomi ch'egli vi s'era meno incaponito di me, e che era più uomo di me all'occorrenza, aggiunse con suono diverso di voce:

"È singolare! Vi sono delle abitudini di società, delle esigenze d'amor proprio che non esitiamo un istante a disapprovare, ma dalle quali non sappiamo mai emanciparci totalmente. Io, per esempio, era curioso di sapere chi eravate, perché venivate qui tutte le mattine, perché mi avete l'aspetto così patito; ed era certo che voi avevate della simpatia per me, che nutrivate la stessa curiosità a mio riguardo, che non vi avrei fatto dispiacere porgendovi francamente la mano come ad un amico, e non di meno non l'ho fatto – perché? non lo so bene io stesso, non l'ho fatto... e se non avessi preso questo scappuccio, voi avreste aspettato ancora chi sa quanto a prevenire la mia esitazione".

"È vero – io dissi, – ho approfittato di questo pretesto; e anch'io non desiderava meno di conoscervi."

"Vi sono nel nostro orgoglio delle esigenze ridicole, e nel nostro carattere e nella nostra natura delle leggi che si urtano, delle prevenzioni che fanno male, io vorrei conoscere le ragioni di questo ritegno indefinibile che separa un uomo dall'altro, di questa barriera di convenienze che una forza prepotente come un istinto innalza tra creature d'una stessa specie. Certo è difetto di società, non di natura; è però sempre un assurdo fatale e deplorevole. Ma... non importa – proseguii togliendo una delle sue mani tra le mie e troncando a mezzo le mie digressioni; – non importa, noi ci siamo avvicinati ora ugualmente (o tardi o tosto a ciò si doveva arrivare), e voi potrete conoscere adesso chi sono, perché vengo qui tutte le mattine, perché m'ho questa faccia di malato, e tutto quell'altro poco che vorrete sapere di me, incompensai del molto che io voglio sapere di voi ."

"Sta bene, sta bene – diss'egli sorridendo, – voi mi avete l'aria di chiedermi una confessione."

"E di farvela. Vi giuro che io mi struggevo dalla curiosità di sapere chi eravate."

"Era una curiosità scambievole."

"Me n'era avveduto; ma temo..."

"Che cosa?"

"Che i casi della mia vita non abbiano a corrispondere all'aspettazione della vostra curiosità."

"Saremmo pari anche in questo."

"Dunque!"

"Sarebbe a dire! Esigete senz'altro una confessione generale, una confidenza completa, scambievole, senza restrizioni?"

"Senza restrizioni."

"Ma noi non ci conosciamo ancora... badiamo... E se dopo..."

"Eh via, che monta questo?"

"Io vi affliggerò col mio racconto."

"Ed io col mio. Vi sono delle afflizioni dolci, delle afflizioni inevitabili. Sentiamo le vostre avventure."

"Me lo chiedete sul serio?"

"Sul serio."

"Ma pensate... Ebbene... sì, sì, sia come volete, incominciate voi."

"No, incominciate voi."

"Incominciate voi, ve ne prego."

"Bene incomincerò io" dissi, per troncare subito da principio ogni piccolo motivo di dissensione. E senza por tempo in mezzo, incominciai il mio racconto, e gli narrai per filo e per segno tutte le piccole traversie della mia vita, colorandole come sapevo meglio, e chiudendo col dirgli che la passione innata dell'arte e una passione d'amore sventuratissima mi avevano tratto al partito di camparmi a stento la vita colle lettere. Io non rinnoverò qui questo racconto, che mi sarebbe un compito penoso e non avrebbe a che fare cogli avvenimenti che sto per esporre; ma fu una narrazione lunga e commovente, e la feci a lui con tutto il fuoco, con tutta l'espansione d'animo di cui mi sentiva capace. Esponeva sventure mie e sventure vere; era forse la prima volta che io raccontava una storia reale, il dolore mi armava lo stile delle sue punte, e mi riempiva la voce dei suoi singhiozzi e gli occhi delle sue lacrime.

Eugenio mi aveva ascoltato in un raccoglimento profondo e affannoso, quel raccoglimento che somiglia alla distrazione, ma che non è che un grado estremo della passività sofferente e spontanea della nostra sensitività e della nostra intellezione.

"Voi avete sofferto assai – egli disse con quella flessione ineffabile di suono che suol dare la pietà alla voce umana, – ma v'è ciò di diverso in noi, che voi siete al termine del vostro cammino ed io al principio, voi avete sofferto ed io soffro. Dubito se apprezzerete nel loro giusto valore le cause delle mie sofferenze. Alcuna di esse, la più tremenda, vi apparirà forse la più meschina e la più puerile... no, non potrete credere agli effetti terribili di una causa apparentemente sì lieve. Ma non importa. Giacché vi siete dato al mestiere delle lettere – aggiunse contraendo le labbra ad un sorriso violento, – vi fornirò il soggetto di un racconto abbastanza curioso, l'occasione di uno studio analitico che darà una diversione piacevole all'ordine monotono delle vostre idee. I rapporti della patologia animale colla clinica psicologica non furono ancora investigati, o lo furono superficialmente. Voi afferrerete in me il segreto di un fenomeno strano, di un fenomeno spaventoso. Lo studierete e lo scriverete. Io non tarderò a fornirvi l'argomento dell'ultima pagina, perché io morrò assai presto, o, dirò meglio, la parte di me che è ancor viva morirà presto. Non vi dispiace accompagnarmi fino alla mia dimora, e trattenervi qualche istante nella mia casa? La vostra visita mi risparmierebbe una parte del mio racconto, e la fatica di molti dettagli dolorosi."

"Andiamo" io dissi offrendogli il mio braccio, coll'animo compreso da uno strano sbigottimento. E per la prima volta dacché lo vedeva, osservai che il suo volto era estremamente pallido, e la sua persona assai dimagrita. La bianchezza del suo viso, cui la brezza del mattino e l'agitazione derivata dal moto davano spesso una tinta rosea un poco vivace, avevano potuto trarmi in inganno, ma non tardai ad avvedermi che la sua salute era affranta, e che sotto quell'apparenza di benessere si nascondeva il germe d'una consunzione lenta e mortale. Giungemmo in breve alla sua abitazione – due camere solitarie in un quartiere remoto della città; – egli vi viveva solo, né da quanto seppi dipoi aveva avuto rapporti di intimità o relazioni d'altro genere col vicinato.

Il primo oggetto che colpì vivamente la mia attenzione, appena entrato nella sua stanza, fu una cassettina di legno nero a vetrate, una specie di campana nella quale eravi una gamba scarnata e disseccata, col piede, lo stinco a metà del femore, il quale, un poco al di sopra del ginocchio, appariva essere stato rotto e scheggiato. Mi fu facile indovinare che erano le ossa della gamba amputata al mio amico; nondimeno gli chiesi per assicurarmene: "Questa è la vostra gamba?".

"Sì – disse egli tristemente, – è la gamba che mi apparteneva, e che ora – aggiunse sorridendo d'un sorriso assai mesto – mi appartiene, benché nel modo singolare che voi vedete."

"E, non vi dà pena il vederla?"

"È ciò che sentirete ora da me, ciò che vi dirò al termine del mio racconto. Voi vedete qui il segreto delle mie afflizioni. Quella parte di me che è morta, che si è distaccata dalla mia vita, mi chiama, mi vuole, mi domanda l'altra parte che vive: io appartengo alla morte ed alla vita in un tempo, la mia esistenza è incompleta del pari che il mio nulla, né io posso riempire il vuoto della vita; quello della morte lo posso... credete voi che io debba esitare a farlo?

"Non vi parlerò della mia infanzia; la è un'epoca dell'esistenza sì arida che io non so come gli uomini possano rimpiangerla. Io non ho vissuto che da quattro anni, la vita incomincia coll'amore, come quella che ne è una creazione, un effetto: fuori di esso l'esistenza è un periodo di giorni senza nome, senza scopo, senza sensazioni. Io appartengo ad una famiglia veneta: ho abbandonato la mia casa verso i quattordici anni per sfuggire alla coscrizione austriaca, e completare i miei studi di disegno in questa città. Vi ho vissuto solo non ostante l'età giovanissima in cui vi sono venuto; e forse fu questa abitudine di isolamento, questa mancanza di affetti, questa aridità forzata di cuore che mi rese soggetto ad una ipocondria inguaribile, ad una malinconia tetra e mortale. Vi spiegherei difficilmente tutte le fasi di questa malattia che si è fatta natura, e di cui sento che non guarirò più che morendo. Sarebbe inutile il parlarvene; tutte le sensazioni che non hanno una causa apparente non possono essere comprese che da coloro che le subiscono: i fenomeni di questa infermità di animo sono sì svariati e sì numerosi che ogni uomo ne presenta un numero sempre nuovo e sempre inosservato. Io fui triste, io sono ineffabilmente triste, ecco ciò che posso dirvi soltanto. Verso i sedici anni mi legai d'amicizia con certo Lorenzo D. che s'era allora addottorato in chirurgia, e mi abbandonai a questo nuovo sentimento con tutto il trasporto, con tutta l'effusione di un cuore che non aveva ancora amato alcuno, ma la cui affettività era esuberante ed opprimente. Lorenzo ed io segnavamo i due punti estremi di una linea, i due lati opposti dell'indole umana. Il suo carattere vivace, lieto, incurevole, insensibile a qualunque dolore di cuore, formava un contrasto mostruoso col mio, un contrasto nel quale egli diceva piacevolmente potersi rinvenire le ragioni della nostra amicizia. Non che egli non avesse cuore, o lo avesse cattivo, ma sapeva dirigerne e moderarne le sensazioni: accettava un affanno come avrebbe accettato una gioia, sorridendo; e io credo che in fondo in fondo la disparità delle nostre nature non si riducesse che ad una questione di apparenze: io subiva un dolore senza nasconderlo, egli lo subiva senza lasciarlo apparire; tutta la differenza stava in ciò, che egli non soggiaceva che a dolori reali ed erano pochi, io a dolori immaginari ed erano grandi ed infiniti. Non dubito che lo conosciate, o che abbiate per lo meno sentito parlare di lui: la piacevolezza del suo carattere lo ha circondato di amici d'ogni genere, e gli ha creato una specie di reputazione che le sue spensieratezze non gli rendono difficile di conservare. In questo caso voi comprenderete più agevolmente le ragioni di ciò che sto per raccontare; egli è tal natura d'uomo di cui io potrei parlarvi assai lungamente senza mettervi in grado di formarvene un concetto preciso; sarà sufficiente che avvertiate una cosa, ed è che in mezzo alle sue follie, ai suoi piaceri, alle sue dissipazioni, egli è buono, nobile, onesto, eccezionalmente onesto, ciò che vi spiegherà forse fra poco tutte le anomalie del suo contegno a mio riguardo. Il primo attestato di amicizia che ricevetti da lui fu la confidenza di un suo amore per una certa fanciulla che aveva conosciuta in quei primi giorni della nostra relazione; e questa confidenza mi fu fatta con tanto fuoco, con tanta espansione, con tanta ricchezza di particolari che non tardai a formarmi il concetto più lusinghiero del suo cuore e della stima che io aveva saputo inspirargli. Si aggiunse a queste prove il desiderio che egli mi manifestò di farmela conoscere, l'insistenza che oppose al mio rifiuto, il pretesto che egli addusse di voler porre quella fanciulla tra noi come interprete, come mediatrice, come legame tra le nostre anime, per modo che quando io cedetti a questa sua volontà, me gli sentiva già legato da un affetto prepotente, da un'amicizia profonda e indissolubile. Fui presentato a Clemenza (tale era il nome della fanciulla), non già in sua casa, né in presenza della sua famiglia, ma da soli a soli, nella stanza di una sua cugina, dove ella veniva di furto ad abbracciare il mio amico. È impossibile dirvi l'imbarazzo in cui mi pose quella presentazione: Lorenzo volle che io le stringessi lì subito la mano, che la considerassi da quel dì innanzi come una sorella mia, come la sposa del mio amico; e mi lasciò solo con lei, e non passò a riprendermi che dopo qualche ora.

"La fede che Lorenzo aveva riposta in me, la sua stima, il suo affetto, mi commovevano nel più profondo dell'anima, mi legavano a lui di un'amicizia sempre più viva. E per altro lato quello spettacolo di felicità, quella dolce immagine della loro affezione mi inteneriva profondamente, mi traeva a pensare con dolore a me stesso, all'aridità del mio passato, all'isolamento terribile a cui mi avevano condannato la mia tristezza e i miei casi.

"Clemenza aveva sedici anni (era bellissima), uscita poc'anzi dal collegio, era ancora affatto inesperta di quegli artifici, di quelle convenzioni di società che avvizziscono sì presto il cuore della donna, e spesso lo trasformano, lo incitano, ne uccidono i sentimenti più delicati e più nobili. Essa amava Lorenzo come avrebbe amato una sua amica di collegio, lo amava per divertirsi, per scherzare, spassarsi un poco con lui, lo amava perché era allegro, perché era giovine, perché era bello; gli voleva bene come vogliono bene i fanciulli, con schiettezza, con lealtà, ma senza intensità e senza ardore.

"Se Lorenzo le avesse detto: "Fuggiamo, abbandona la tua casa, ti voglio rapire", essa non avrebbe esitato un istante a seguirlo. La novità, la vaghezza di quell'avvenimento ve l'avrebbero indotta senza indugiare. Tale è il giudizio che io mi sono formato di lei in questi ultimi anni, non allora, ché era troppo inesperto del cuore umano e del suo; allora io lo aveva giudicato un affetto saldo e profondo, e forse la mia inesperienza non mi aveva tratto in inganno, poiché l'amore subisce le fasi dell'età, né in quell'epoca poteva essere diverso; bastava che egli contenesse i germi di un amore vero, che possedesse la forza di resistere al tempo, di seguirlo, di tramutarsi con lui, come ha fatto, in un affetto coscienzioso e durevole.

"Mi ricordo ancora che nella sera di quel giorno io fui tristissimo, mi coricai assai presto, e pensando alla felicità del mio amico versai delle lacrime amare sull'acerbità inesorabile del mio destino. Clemenza ed io continuammo a vederci, stringemmo da quel giorno una relazione che non era intensa come l'amore, ma intima quanto l'amicizia: Lorenzo non si dava pensiero alcuno di noi, gioiva in vederci legati d'affetto, stringeva egli stesso in mille guise questi legami che ci tenevano uniti. In mezzo alle sue follie, alle sue spensieratezze senza fine, il suo cuore perdurava sì nobile, sì leale, e soprattutto sì ingenuo, che egli non aveva pur sospettata la possibilità di rapporti meno innocenti tra la sua amante e il suo amico, né io stesso, a dire il vero, aveva sospettata tale possibilità; io fui sorpreso dall'amore prima di poterlo avvertire, ne fui vinto prima di poterlo combattere. Era così che l'amore iniziava le sue battaglie, si procurava le sue vittorie! Con quelle sorprese, con quelle apparenze di virtù, con quelle simulazioni infinite? Io lo compresi troppo tardi, io mi sentii posseduto da questo sentimento non a gradi, ma ad un tratto, non in modo da poterlo vincere ancora, ma da esserne già vinto, da esserne dominato per sempre.

In coloro che amano una volta sola, è l'amore che dirige la volontà, in coloro che amano più di una volta è la volontà che dirige l'amore. La fortuna, come in tutte le altre cose della mia vita, venne a frapporsi fra me e il mio cuore. Una fatalità inesplicabile mi condannava all'ingratitudine più nera e più mostruosa. Erano trascorsi pochi giorni dacché io aveva conosciuta Clemenza, quando la sua famiglia, assentatasi per alcuni mesi da questa città, lasciavala qui affidata a sua cugina, e contemporaneamente Lorenzo si ammalava, né poteva riceverla in sua casa. Clemenza ed io ci trovammo forzatamente soli.

"Incominciarono le mie esitanze. Io non poteva sfuggirla, non poteva allontanarmi da lei senza tradire il mio segreto; ed ella mi volea seco assai spesso quasi ignorasse la mia passione, o, non ignorandola, intendesse di secondarla. Dal letto del mio amico a lei; da lei al letto del mio amico: io trascorreva così le mie giornate angosciose a un tempo e felici; se mi tratteneva al fianco di Clemenza, l'amicizia mi chiamava al capezzale del suo amante; se mi tratteneva presso di lui, l'amore mi richiamava ancora a Clemenza: viveva diviso tra questi due sentimenti, confortato dalla nobiltà dell'uno, lacerato dall'ingratitudine dell'altro; esitante, dubbioso, impotente sì ad essere un amico leale, come un amante leale; torturato dalle lotte incessanti della mia coscienza.

"Noi uscivamo spesso alla sera, e solevamo passeggiare sotto gli alberi del recinto ove ci siamo ora conosciuti; la cugina di Clemenza, vedova e giovane ancora, aveva un amante che incontrava sovente durante quelle nostre passeggiate, e al quale soleva dare volentieri il suo braccio, e col quale amava ancora più volentieri di perdersi nei meandri intricati del giardino. Così io rimaneva solo colla fanciulla.

"Fu in quelle sere e in quella solitudine e durante la malattia di Lorenzo che i nostri cuori si apersero, che io ingannai il più nobile degli amici, ella il più affettuoso degli amanti; che entrambi ci preparammo amarezze senza fine e senza rimedio. Io non potrei mai dirvi tutta l'intensità di queste amarezze, tutta la varietà de' miei tormenti. Nello stesso istante che il mio cuore si apriva per la prima volta all'amore e ne accoglieva l'immagine ancora pia, ancora pura, ancora circondata di tutte le sue illusioni celesti, sentivasi oppresso, dilaniato dalla coscienza della sua ingratitudine. E a ciò si aggiungeva la gelosia che io sentiva di Lorenzo, il pensiero che quella fanciulla lo aveva amato, lo amava ancora, né sapeva risolversi a rinunciarvi; e che quando pure vi si fosse risolta, né io avrei potuto permettere che lo facesse, né ella avrebbe avuto la forza di farlo.

"Perché Clemenza amavaci entrambi ad un'ora; sentivasi in cuore tanto affetto per dividerlo tra noi, e bastare al debito che aveva contratto verso ciascuno. Appena ella aveva la coscienza del suo fallo, ne intravedeva appena le conseguenze inevitabili.

"Mistero singolare del cuore umano! Ella aveva amato Lorenzo per l'indole spensierata e vivace del suo carattere, aveva amato me per la natura opposta del mio. La gioventù, la bellezza, il piacere, l'avevano attratta verso di lui, la pietà, la sofferenza, il dolore, l'avevano a me legata; essa afferrava in entrambi gli elementi di cui costituire una sola individualità, una individualità perfetta: completava uno coll'altro; amavaci ambedue in uno solo, e amava uno solo in ciascuno di noi.

"Indarno io tentava di richiamarla al pensiero dei suoi doveri, dei nostri doveri; ella rifuggiva da un esame del suo cuore, da una minuta analisi dei suoi sentimenti; come la maggior parte delle donne obbediva ai propri istinti senza riflettervi, seguiva le proprie inclinazioni senza dirigerle; non si formava la vita, la subiva; né sapeva tampoco di subirla, trovavala dolce e bastevole.

"Tale è la donna. Non considera, non intuisce, non giudica mai sé medesima; ciò che fa le par buono, ciò a cui la spinge l'istinto le appare sempre giustificato.

"Molte sono oneste perché la natura non le spinse ad essere diverse; molte, le più, non lo sono, perché la natura non volle che lo fossero, perché giudicarono un poco tedioso l'esserlo. L'osservazione non ammette in ciò cause più serie. Non importa come e chi esse amino: esse si danno al primo amore, come si danno all'ultimo, come si sono date talora a quelli di mezzo, con espansione, con verità, con abbandono intero e generoso; ciò che esse vogliono soltanto è di essere amate, e di esserlo sempre.

"Io non vi racconterò tutte le fasi, le impressioni di questo amore: dovrei richiamarmi delle memorie troppo affannose, né giungerei a farvi comprendere con quanta profondità io l'abbia sentito, e con quanta amarezza di sacrificii scontato. Più volte, durante la malattia di Lorenzo, io era stato in procinto di gettarmi ai piedi del mio amico, di raccontargli tutto, di implorare la sua pietà e il suo perdono, di fuggire, di sottrarmi per sempre alla sua vista e a me stesso. Ma il pensiero del suo dolore, il pericolo di aggravarne la malattia, la vergogna che io sentiva di me medesimo mi distoglievano da questo progetto. E Clemenza pure vi si opponeva. "Perché dirglielo – mi diceva ella, – perché affliggerlo! È ella questa gran colpa l'amarti? Non ti ama egli stesso, Lorenzo? Io ti voglio bene, perché tu hai sofferto, perché soffri, perché sei docile e buono; perché non hai al mondo altra persona che ti ami. Lorenzo non può rimproverarmi l'amore che io ho per te; può soffrirne, ma non può rimproverarmene. Io non sarò tua, ma non sarò nemmeno di lui, vi amerò entrambi, apparterrò tutta a voi, ma non sarò di nessuno."

"Che risolvere! Tacqui e simulai lungo tempo. Lorenzo guarì. La sua lieta natura, che non si era pur smentita durante gli eccessi del male, tornò ad arriderci, ad allietarci colle sue festevolezze, a spensierirci colle sue gioie. Più io mi rodeva in segreto della mia colpa, più egli mi amava. Clemenza non nascondeva il suo affetto per me, pareva non arrossirne, sembrava non temere che Lorenzo l'indovinasse.

"E Lorenzo mostravasene lieto.

"Credeva egli all'innocenza di questo amore, o non credendovi, voleva punirmene coll'ingigantire nella mia coscienza l'idea della mia ingratitudine? È ciò che nondimeno aveva sospettato. E in questo sospetto il mio cuore trovò le ragioni di inasprirsi verso di lui. La sua dolcezza mi faceva male, la sua clemenza mi uccideva; avrei voluto che egli mi avesse odiato, che mi avesse disprezzato, punito; la sua generosità diveniami una tortura alla quale non mi sentiva più la forza di reggere. Vi farò questa terribile confessione? Sentii che incominciava ad odiarlo, compresi che non poteva più trovarmi dinanzi a lui senza fremere. Quell'uomo mi contendeva l'unico affetto della mia vita, mi contendeva la mia felicità. Con quale diritto! Il mio cuore non tardò a sollevarsi contro di lui; e benché non mi sentissi deliberato ad una provocazione che spezzasse per sempre i nostri legami, la mia ingiustizia mi suggerì un divisamento che non era meno crudele e meno colpevole. Io amava disperatamente Clemenza, io non poteva più vivere senza di lei e presso di lei. Con lei e senza lei: tale era la mia situazione. Poteva io prolungarla, tollerarla, resistervi! Ella non voleva rinunciare a Lorenzo per me, non sentivasi la forza di rinunciare a me per Lorenzo, oscillava tra un affetto e l'altro, mi lacerava il cuore colle sue lacrime, colle sue tenerezze, colle sue preghiere; mi rendeva desolato co' suoi rifiuti, colle sue esitazioni, coll'immagine dei doveri che la legavano al mio amico, e che mi ricordava ad ogni istante senza pietà, e a un tempo senza rimorso.

"Risolsi di partire, di fuggirli entrambi, di gettarmi nel turbine della società, di obbliarmi e di obbliarli tra gente straniera, e in un mondo nuovo e ignorato. Scelsi per il mio ritiro la Francia, e mi allontanai da questa città prima che Clemenza e Lorenzo avessero sospettato il mio disegno, e avessero avuto tempo a prevenirlo. Accasatomi a Parigi, diressi a Lorenzo una lettera nella quale gli confessava il mio amore, i miei patimenti, le mie sofferenze senza numero; e lo accusava di avermene punito nascondendomi il suo risentimento, e di avermi reso infelice per sempre. Io non dissimulava a me stesso l'ingiustizia di quelle accuse, e l'asprezza e la severità delle mie parole. Nondimeno le scrissi.

"Ebbi da Lorenzo questa risposta:

"La vostra lettera, la vostra fuga, la confidenza che mi fate del vostro amore mi hanno sorpreso e atterrito. Devo far appello a tutto il mio coraggio per non soccombere sotto il peso d'una sventura sì grande. Io ho perduto a un tratto quanto aveva al mondo di caro, voi, Clemenza, il mio amore, la mia fede illimitata e incorrotta. Comprenderete quanto io debba soffrire di questa perdita. Nondimeno la mia ragione non si smarrisce, né il mio cuore si muta, né io posso concedere alla sventura il diritto di rendermi malvagio. Perché fuggire? Perché non dirmi tutto qui? Perché usare verso di me un linguaggio che mi ha fatto sì male? Ah voi siete ben debole se la sventura può rendervi così ingiusto! Tornate, Lorenzo; le persone che avete offeso vi perdoneranno; faranno di più, imploreranno ancora la vostra amicizia. Clemenza non apparterrà che a voi, io mi varrò di tutta la mia influenza sul di lei animo per fare che ella mi dimentichi, che non sia che vostra, che non sia felice che con Eugenio. Son io che doveva fuggire, che doveva accorgermi della vostra passione, e prevenirvi; son io che doveva sacrificarmi per voi, per voi che siete sì mesto, sì solo, sì travagliato. Ah la mia coscienza mi opprime di tardi rimproveri! Venite, venite, Lorenzo; o verrò io costì, verrò ad oppormi ai vostri ingrati progetti; a ricondurvi tra le braccia dell'amore e dell'amicizia".

"Che vi dirò io? Fui commosso profondamente da quella lettera, fui vinto da una generosità sì sovrumana: cedetti alle sue istanze, e tornai.

"Io non ignorava che in quella lotta di sacrificii appariva ed era assai meno nobile di lui; il mio egoismo, il mio amore, l'istinto ineluttabile della mia felicità mi rendevano superiore a quella tacita coscienza della mia bassezza, ma non l'attutivano, né mi confortavano di dolcezze vere e durature. Riacquistando l'amicizia di Lorenzo, tornandone ad apprezzare quelle doti elette di cuore che non poteva in alcun modo disconoscere, sentiami torturato dal pensiero della mia ingenerosità, della mia inferiorità morale. Ogni sacrificio di lui mi feriva come un rimprovero, ogni parola che vi alludesse mi richiamava dolorosamente all'idea della mia ingratitudine. Io vedeva il mio amico attristirsi, immalinconirsi, mutarsi; fuggire da me, fuggire da Clemenza; nascondere nel segreto i dolori di cui doveva essere travagliata la sua anima. E Clemenza stessa fuggivami: ora che ella era stata abbandonata da lui, tenealo caro più che non l'avesse tenuto dapprima; la sua generosità avevaglielo reso degno di stima, quanto la facilità con cui io aveva accettato il suo sacrificio doveva avere immiserito nella di lei anima il concetto che si era formata di me.

"Io vedeva ogni giorno Lorenzo; la nostra amicizia fortificavasi di nuovi legami, benché non potessi bandire dal mio cuore non so quale indegna prevenzione che mi teneva in sospetto di lui. Clemenza non amavami più come prima, e io vedeva in questa diminuzione di affetto l'opera consenziente e involontaria del mio amico. La gelosia che io ne sentiva, il dispetto che provava dalla mia stessa ingenerosità a suo riguardo, il convincimento che egli era migliore di me, ponevano tra i nostri cuori qualche cosa di freddo, di amaro, di insuperabile. Non so se Lorenzo se ne avvedesse, se partecipasse a questa convinzione, ma io non ho riposto mai una piena fiducia nell'anima sua: e ve lo dico perché giudichiate voi stesso di me, perché possiate fare un giusto apprezzamento di tutto ciò che egli operò in seguito a mio riguardo.

"Non vi prolungherò il racconto di queste lotte, di questi dubbi, di queste esitanze. Clemenza mi amava ancora, ma amava del paro Lorenzo, amavalo, benché egli non l'avesse più riveduta dopo il mio ritorno; rifiutavasi a contrarre un legame duraturo con me.

"Io caddi allora in una malinconia inguaribile; i germi di quella infermità di cuore e di mente che io recava meco si svilupparono, ingigantirono, diedero frutti precoci ed amari; la tristezza venne ad assidersi al mio capezzale; la diffidenza venne a collocarsi tra noi e a dividerci, nel tempo stesso che ci sentivamo riuniti da un potere più valido della nostra volontà, dalla forza prepotente del destino.

"Passarono così due anni.

"Nella primavera scorsa, gli avvenimenti della guerra vennero a togliermi da quella situazione terribile; volli lottare di sacrificii con Lorenzo, volli mostrarmi al paro generoso, e d'altra parte la vita erami divenuta insoffribile. Mi arruolai nel corpo dei volontari per cercare in tal guisa un pretesto di morte onorevole.

"Prevedendo gli ostacoli che il mio amico e Clemenza avrebbero opposto a questa mia risoluzione, mi allontanai da essi senza abbracciarli, e ne li avvertii per lettera che diressi loro dal campo. Quattro giorni dopo la mia partenza, Lorenzo mi raggiungeva al reggimento cui si era fatto aggregare nella sua qualità di medico, e mi diceva:

"Tu tenti indarno di sfuggirmi; costringendomi ad arruolarmi teco e ad avventurarmi agli stessi pericoli, mi hai legato ancora più tenacemente al tuo destino. L'affetto che io ho per te, e il bisogno che sento di contribuire alla tua felicità non sono un sentimento ed un'esigenza che io possa attribuire sì presto. Io ti seguirò dappertutto: io spero che usciremo illesi entrambi da questi pericoli o vi soccomberemo entrambi; ma se un solo di noi è destinato a sopravvivere al nostro passato, io faccio voti perché tu sia quello, perché tu possa serbare intatta la fede nell'amicizia, e formare ancora colla tua felicità la felicità di Clemenza".

"Lascio di raccontarvi tutte le tristi eventualità di quella campagna, come ometto la storia delle mie impressioni e de' miei rapporti con Lorenzo in quell'ultimo periodo della nostra amicizia. Per me che m'era dato al militare non per affetto di patria, né per esigenze di un principio, non v'era pure quel sacro entusiasmo che ci compensa di tutto, quell'immenso conforto che si attinge dalla coscienza di compiere un grande dovere. Io era venuto per morirvi, non importava il modo e lo scopo, e non ne anelava che l'istante.

"Mi trovai tra i primi al combattimento del Caffaro: Lorenzo mi s'era posto al fianco, e aveva fatto sacramento di non abbandonarmi, benché io l'avessi scongiurato piangendo a ristarsi. Mi scagliai tra i più arditi nel grosso della mischia: gli istinti della vita e della difesa, ridestatisi malgrado la mia determinazione di farmi uccidere, avevano prodotto in me quella febbre, quell'acciecamento, quell'esaltazione di animo che non ci lascia campo ad altre idee, e restringe tutta la nostra attività morale nel pensiero unico, fisso, irremovibile della nostra conservazione. Dimenticai il mio amico che combatteva al mio fianco; né erano trascorsi dieci minuti dacché aveva avuto principio il combattimento, che mi sentii colpito la gamba sinistra; e avendo tentato di sorreggermi e di avanzarmi verso il nemico, la gamba spezzata mi si curvò verso la metà del femore, provai un dolore acuto, straziante, vacillai e caddi svenuto.

"Rinvenni alle ambulanze. Lorenzo seduto a terra presso alcuni manipoli di paglia su cui io era stato adagiato, discuteva con altri medici sulla necessità dell'amputazione. Io era sì sofferente che poteva comprendere a stento le loro parole, nondimeno intesi che essi ammettevano la possibilità della mia guarigione senza la perdita della gamba, mentre il mio amico solo sosteneva calorosamente la necessità di amputarla sull'istante. Non so perché, ma mi pareva che Lorenzo mostrasse in ciò un'ostinazione cagionata da motivi estranei a quelli di conservare la mia vita. Era un semplice quesito di scienza? Era l'effetto di un convincimento sincero? Allora non mi parve tale, né poi, né adesso; benché la debolezza cagionatami dal dolore, e l'insistenza e le lacrime con cui mi scongiurava di subire l'amputazione, mi vi facessero acconsentire.

"Fu il giorno più terribile della mia vita. L'immaginazione umana non può giungere a concepire che cosa sia l'amputazione di una gamba, questa orrenda mutilazione della nostra macchina, questo impicciolimento, questa modificazione, questa morte parziale del nostro essere fisico. È impossibile che voi possiate comprendere i rapporti che questo avvenimento stabilisce col nostro spirito, che possiate farvi un'idea delle sensazioni che proviamo allorché quella parte viene a distaccarsi da noi, del disequilibrio, dell'incompletazione che ne deriva.

"Io non vi farò una descrizione di questa orribile operazione chirurgica, né potrò parlarvi come vorrei delle sensazioni che vi ho provato. Certo è però che quando l'ultima fibra fu recisa e la gamba completamente distaccata, io sentii che non apparteneva più alla vita che per metà, che tutto in me si era mutilato, sconvolto, immiserito; che io sarei rimasto nel mondo come una parte minima, come il frammento infinitesimale di un essere; che vi sarebbe sempre stata una metà di me che, già perdutasi nel gran nulla, mi vi avrebbe chiamato ad ogni istante, come avesse voluto precedermi.

"Non era il dolore fisico che mi opprimeva in quel momento, non il dolore morale: era una sensazione nuova, orrenda, profonda, inesplicabile. Credo che tutti coloro che subirono una tale mutilazione abbiano sentito per metà che cosa è il morire, ne abbiano indovinato per una parte il segreto.

"La gamba amputata giaceva lì presso di me, sul terreno; un istante prima aveva appartenuto a me, era mia, formava parte del mio essere, io ne dirigeva le movenze; la mia volontà le imponeva; la mia mano la toccava, ed essa rispondeva a quel contatto; sentiva piacere, dolore, soddisfazione, stanchezza... ora tutto era finito: essa si era sottratta al dominio della mia volontà, era uscita dal cerchio della mia esistenza. Io viveva ancora, io respirava, pensava, formava progetti per un tempo avvenire; essa era morta, fredda, bianca, immobile; e pure pochi istanti prima lei ed io avevamo formato un essere solo. Mi sentiva collocato sul limitare della morte, ed era vivo, mi sentiva attratto verso la vita, ed una parte di me era morta, era una sensazione tremenda e ineffabile... Volli toccarla, sollevarla colle mie mani... Quale orrore! La sentiva pesante, fredda, molle, morta, soprattutto morta. Quante parti, quanti dettagli che non aveva osservato prima mi apparivano allora visibili; quante rughe, quante pieghe, quanti effetti di nervi e di muscoli! Toccai un tendine e vidi rizzarsi il pollice del piede... Gran Dio! La gettai da me con orrore; e subito mi curvai su di lei per istinto, quasi mi appartenesse ancora, quasi avesse potuto ancora soffrire. Mi posi a singhiozzare ed a piangere.

"Ecco ora qua la mia gamba... voi la vedete, voi potete ammirare sotto i cristalli di quella cassetta una parte considerevole del mio scheletro. Quale sarebbe la vostra impressione se quello stinco bianco, lucido, freddo appartenesse a voi? Immaginate l'impressione che quella vista può cagionare sopra uno spirito infermo come il mio. Perché mirando quello stinco io ricostituisco tutto il mio scheletro, io lo vedo intero, io lo vedo in tutta la sua orribilità, in tutte le sue minime parti: la mia immaginazione dà al mio corpo la trasparenza di quel cristallo. E poi quella porzione di me che è venuta a morire, che io ho distaccato violentemente dal suo gran centro di vitalità, reclama le altre parti, le vuole, esige che si confondano con lei nel suo nulla. Ed io non posso separarmi, allontanarmi, divellermi da questa parte di me: se ne sto lontano un giorno, sento che vi è qualche cosa che mi ridomanda; sento che non tutto ciò che è mio è con me: se le sto d'appresso le sue esigenze diventano maggiori, l'influenza che esercita sul mio animo più imperiosa e crudele. È tempo che io mi sottragga a questa tortura – o vivere completamente, o morire completamente – ecco il dilemma terribile che io leggo scritto su questo frammento spaventoso del mio scheletro.

"E avesse egli ucciso soltanto la mia vita fisica sarebbe nulla, ma è la mia fede che egli ha ucciso, la fede che io aveva nell'amicizia. Sì, Lorenzo mi ha tradito; egli mi ha mutilato così perché Clemenza non potesse più amarmi, perché non potesse esser mia. Ho fatto analizzare la mia gamba da medici celebri, e hanno dichiarato che l'osso non era sì fratturato da non potersi ricongiungere, che io avrei potuto guarire senza amputazione. Gli stessi consigli ripetutigli già con tanta unanimità dai chirurghi dell'ambulanza mi confermarono su questo odioso convincimento.

"Ed ecco, vedete – egli aggiunse sollevandosi e aprendo un'imposta della cassetta, – guardate qui ove la palla aveva colpito, non vi era che una frattura, non vi erano schegge, le parti del femore si sarebbero ricongiunte senza difficoltà."

"Non parmi" io dissi, tanto per confortarlo come potevo meglio, e distogliere la sua mente da quella fede.

Egli crollò il capo in atto di dubbio, e soggiunse:

"E' impossibile; io non posso credere all'innocenza di Lorenzo, per quanto egli abbia tentato e tenti ancora di distruggere in me questa convinzione. Vi sono dei momenti in cui il dolore me lo presenta sotto un aspetto sì odioso, che anche avvedendomi, come vorrei, del mio inganno, non potrei più mettermi in pace con esso... Sì, il dolore mi renderà forse ingiusto, ma è lui, sono le sue mani, quei suoi ordigni terribili che mi hanno mutilato così, che hanno distaccato dal mio essere questa parte miserevole di me che mi attende".

"Ciò è certamente esagerato – io dissi; – se egli aveva in animo di rendervi in tal modo un servigio, non dovete serbargli rancore dei mezzi con cui lo doveva fare. Ma il suo contegno dopo quell'avvenimento non vi ha potuto accertare o distogliere dal vostro sospetto? Clemenza vi ha abbandonato? L'ha egli sposata?"

"No – diss'egli, – tutt'altro. Clemenza, pel contrario, mi ama, ed egli la fugge, ed insiste perché, superando la ripugnanza che io debbo inspirarle, acconsenta a divenire mia moglie."

"Dunque?"

"Ma chi mi assicura che il suo pentimento non lo ecciti a questo sacrificio? E quando pure egli ne fosse pentito, posso io perdonargli questo assassinio parziale di me? In quanto a Clemenza, non dubito che solo un sentimento di commiserazione la spinga a desiderare la mia mano, né io posso essere così vile per accettare questo sacrificio."

"Dio buono! – io dissi. – Voi siete terribilmente sospettoso, voi vedete forse dell'odio dove non ve n'è ombra, dove non vi è che della virtù e dell'abnegazione. I vostri rapporti con Lorenzo sono dunque cessati!"

"Cessati."

"È a deplorarsi. Ma io tenterò di rinnovarli – proseguii stringendo le sue mani nelle mie; – io tenterò vostro malgrado, perché anch'io desidero la vostra felicità, come la desidera forse profondamente e sinceramente Lorenzo. Io lo conosco il vostro amico, gli parlerò di voi, tenterò di assicurarmi dei sentimenti che nutre a vostro riguardo. Vedrete che vi eravate ingannato, che la vostra bontà fu traviata dalla vostra debolezza. Mi permettete di farlo? Di interessarmi alla vostra felicità?"

"Fate, fate" diss'egli sorridendo tristamente.

"E incominciate – ripresi accennando alla cassetta – coll'allontanare da voi questo motivo di dolori, questa causa di considerazioni continue sul vostro stato. Bandite coteste malinconie che non hanno ragione di essere. Fate in modo..." Ma Eugenio m'interruppe vivamente esclamando:

"È impossibile, impossibile! Ne andrebbe la vita; credete voi che le cose che vi ho detto poc'anzi, ve l'abbia dette per giuoco! Credete che l'influenza che esercita su di me questa frazione di me stesso non sia assoluta, tirannica, inesorabile, come vi ho manifestato? No, io non potrei vivere un'ora diviso da lei, la sola certezza di non vederla più sarebbe sufficiente ad uccidermi, quantunque comprenda che se potessi allontanarmene potrei riconciliarmi ancora colla vita".

"Sia come volete, ve ne farete ragione più tardi; e, se me lo permettete, vi rivedrò domani, e riparleremo di voi, e procureremo di essere buoni amici."

"Volentieri, volentieri – diss'egli richiudendo l'imposta della cassetta senza levarne lo sguardo ed abbracciandomi con effusione. – Ci rivedremo domani al giardino."

"Al giardino."

E ci lasciammo coll'ansietà di rivederci.

Io non aveva mentito asserendo di conoscere Lorenzo. Benché i rapporti amichevoli che esistevano tra noi non avessero alcun carattere d'intimità, vi era da una parte e dall'altra una tacita simpatia che le sole circostanze non ci avevano ancora messo in grado di provarci. Il suo carattere lieto, vivace, incurevole, gli aveva procurata l'affezione di quanti lo conobbero, il suo cuore sincero e generoso gliene aveva guadagnata la stima. Io l'aveva osservato da qualche tempo – e l'avevano osservato meco i suoi amici – che la sua indole si era modificata, la sua allegrezza svanita, la sua spensieratezza frenata: egli frequentava assai raramente quei luoghi di convegno ove un tempo soleva mostrarsi ogni giorno; e spesso trascorrevano intere settimane senza che lo si potesse vedere. Richiesto del perché, giustificavasi con imbarazzo: e per evitare quelle domande e per sottrarsi alle noie degli amici, che quel modificarsi improvviso del suo carattere incominciava ad allontanare da lui, aveva in quegli ultimi giorni cessato assolutamente di frequentarli.

Il racconto di Eugenio mi aveva svelato il segreto di questo contegno. Io non poteva però prestar fede alle accuse che erano contenute in questo racconto: qualunque sospetto poteva capire in me ed acquistarvi un certo valore, non quello che Lorenzo fosse un ipocrita, ed avesse potuto nascondere opere e divisamenti sì tristi sotto il manto di un'infame simulazione. Ad ogni modo premevami di decifrare questo enigma, e la mia premura non era l'effetto di una semplice curiosità.

Il racconto di Eugenio, le sofferenze, le prevenzioni, gli affetti, l'infermità fisica e morale di questo infelice giovane avevano destato nel mio animo la più viva simpatia per lui, e m'avevano eccitato a giovargli. Deliberai di parlarne a Lorenzo, e la fortuna mi fu in ciò sì cortese che mi imbattei con lui nella sera di quel giorno medesimo.

"È necessario – gli dissi dopo avergli stretto la mano – che io vi parli di alcuni avvenimenti che vi riguardano. Ho penetrato, mio malgrado, in alcuni segreti della vostra vita intima, e sento il dovere di avvertirvene, e la necessità di combinarmi con voi circa i mezzi di raggiungere la felicità di un amico comune."

"Dite, dite" interruppe Lorenzo meravigliato. Io gli raccontai allora quanto m'era successo nel mattino, e gli ripetei letteralmente la narrazione che aveva ascoltata da Eugenio.

"Voi capirete – aggiunsi terminando il mio racconto – che la vita di quel giovine non potrà più durare gran tempo così travagliata, e che voi dovete tentare di guarirne lo spirito con tutti quei rimedii che l'arte vostra e più ancora la vostra amicizia e la conoscenza più esatta del suo carattere vi suggeriscono. Conosco il vostro cuore: io mi unirò a voi, e vi presterò tutti quei mezzi di cui posso disporre per raggiungere questo scopo."

"Eugenio è un ingrato – disse Lorenzo attristato: – vi racconterò tutto, benché non vi sia alcuna inesattezza nella narrazione che avete già ascoltata da lui. Vi sono degli uomini i quali si atteggiano a vittime senza esserlo, affettano una sensibilità che non hanno, accusano dolori che non sentono, esigono da coloro che soffrono e sanno soffrire con forza e con dignità, l'omaggio d'una compassione che non meritano. Ambiscono di essere deboli, immaginano di essere oppressi; pretendono che li proteggiate e li accarezziate come fanciulli, che sacrifichiate tutto per essi; e se cessate un istante di farlo, obbliano ciò che avete già fatto, vi accusano di egoismo e di ingratitudine. Sì, perché noi ridiamo, perché nascondiamo sotto la maschera dell'apatia le insanabili piaghe dell'anima, ci dicono che non abbiamo cuore, pretendono che gittiamo ai loro piedi come un trastullo il tesoro dei nostri affetti e della nostra felicità. Freddi e ingenerosi egoisti! Eugenio è uno di costoro. Se v'hanno dolori nella sua vita sono quelli che egli si è procurato colla instabilità del suo carattere, collo scetticismo della sua anima; sono quelli che mi rinfaccia, e che io nondimeno ho tentato risparmiargli col sacrificio di tutto ciò che ho avuto caro nel mondo; il resto è fittizio, è mentito. Conoscerete Clemenza: vi farete voi stesso un concetto dell'affezione che quella fanciulla ha nutrito e nutre per lui, giudicherete di me e di lei.

"Quando io conobbi Eugenio me ne sentii preso da pietà per la sua tristezza, per l'isolamento in cui viveva, per l'acerbità somma dei suoi casi, mali tutti di cui egli aggravava l'intensità, senz'arte forse, ma nondimeno l'aggravava. La pietà mi condusse all'amore. Immaginai di porlo al fianco di Clemenza, perché l'affetto e le cure di una donna non ne lasciassero inaridire lo spirito che io vedeva già isterilirsi in lui miseramente. Questa confidenza che io mostrava di riporre nella sua amicizia, questa stima in cui gli provava di avere il suo cuore, dovevano sollevarne e fortificarne la fede, riconciliarlo un poco cogli uomini dai quali si era diviso senza motivi. Queste sole ragioni mi avevano indotto a renderlo partecipe dei segreti e della felicità della mia vita. Per lui che non aveva mai amato, la sola presenza di una donna, la sola fiducia nell'amicizia, il solo spettacolo della nostra felicità dovevano essere sufficienti ad aprire, a dilatare, a migliorare il suo cuore, a schiudergli nuovi orizzonti, a presentargli la vita sotto il suo aspetto reale: una lotta accettata con coraggio, ricca di trionfi e di beni. Iddio mi è testimonio se non erano tali i sentimenti che mi avevano mosso a ciò fare: egli li ha disconosciuti.

"Previdi più tardi le conseguenze possibili di questo avvicinamento tra lui e Clemenza; il fatto non tardò ad accertarmi della giustezza delle mie previsioni. Non vi dirò se io ne soffersi – ne giudicherete se avete amato – non vi farò pompa nemmeno di una virtù che forse non era che un dovere; una sola cosa vi dirò, ed è che io mi rassegnai alla perdita di quell'affetto, e ne cercai un compenso nella coscienza del mio sacrificio, e nel pensiero di aver contribuito alla felicità di Eugenio, anzi di averla formata. Il mio cuore rifugge dal dirvi il prezzo di quel sacrificio.

"Voi sapete già come ne fui retribuito. Divenni un ostacolo alla loro felicità; anche la mia sola amicizia, il mio solo passato parevano innalzare una barriera troppo grande tra i loro destini; non vi era più posto per me nei loro cuori, non vi era nemmeno tra i loro cuori: Eugenio prese ad odiarmi – lo taceva, ma lasciavalo apparire tacendo – vinto dalla mia dolcezza, atterrito dall'immagine gigante della sua ingratitudine, si allontanò da me e da lei, si rifuggì in Francia; e di là accusò me della sua fuga e del suo dolore, e chiamò responsabile la mia coscienza della sua sventura.

"Avrei potuto un'altra volta ricostruire l'edificio della mia felicità, ripossedere il cuore di Clemenza, il cui amore per lui non era stato mai, come il mio, che una manifestazione affettuosa della pietà; non lo feci.

"Questa stessa pietà mi riconduceva verso di lui, mi rendeva indulgente a' suoi falli, alle sue aberrazioni, alla sua stessa ingiustizia. Lo eccitai, lo scongiurai a ritornare; lo riaccolsi tra le mie braccia come tra le braccia di un amico. Non bastava, fuggii da quel giorno Clemenza, li abbandonai a sé stessi, cessai di pormi tra i loro cuori, perché potessero avvicinarsi, intendersi, fortificarsi nei loro legami, prepararsi a formarsi un avvenire. Voi sapete l'esito di questo secondo tentativo. Attristato dal pensiero del mio abbandono, della incostanza di lei, colto da subita vaghezza di morire, si pose tra le file dei volontarii; ed anche allora, anche in quella circostanza in cui avrei potuto ridarmi al mio amore, non esitai ad avventurarmi ai pericoli d'una campagna per convincerlo che io non pensava più a Clemenza, per soccorrerlo della mia arte e della mia amicizia.

"Fui ricompensato colla ingratitudine più triste, più inqualificabile. Fui accusato di averlo mutilato senza necessità, di avere attentato alla sua vita, di avere mentito sempre l'interessamento appassionato e sincero che aveva sentito per lui. Furono chiamati chirurghi distinti, o reputati distinti, ad avvalorare col loro giudizio l'infame sospetto di Eugenio – giudizio impossibile a formularsi sul semplice esame dell'osso, ma che nondimeno – e ne ho ignorato sempre il motivo, forse per gelosia d'arte – fu espresso in modo conforme alle sue previsioni. Dinanzi a queste accuse terribili io non poteva più dimostrargli una benevolenza che aveva cessato di sentire, non poteva più far appello alla mia longanimità esausta da tante prove sì scoraggianti. Quantunque la sua sventura ridestasse ora più vivamente la mia pietà, sentiva non so qual cosa di freddo nel cuore che m'imponeva di farla tacere: l'immagine potente della sua ingiustizia frenava gli ultimi slanci del mio affetto e della mia compassione. Doveva io simulare! A che scopo! Ci siamo lasciati.

"In quanto al contegno di Clemenza, che avrete giudicato riprovevole, o per lo meno incomprensibile, vi sarà interpretato da me in poche parole. Ella ha subìto, come ho subìto io stesso, l'impero della pietà che egli ci aveva inspirato. Il suo cuore più giovine, più buono, più inesperto del mio, accolse e sentì più al vivo questa pietà; in lei prese forma di amore, in me forma di amicizia, in entrambi ebbe natura di un affetto pieno, sincero, profondo. Ma il cuore di lei fu sempre mio, lo fu doppiamente dal giorno che Eugenio, accettando il sacrificio che io gli faceva del mio amore, le dimostrò quanto la sua anima fosse ingenerosa ed ingrata. Se ella continuò a dargli pegno di affetto fu perché io ve la eccitava col rammentarle quei doveri di pietà e di tenerezza che ci legavano a lui, perché la minacciava della mia dimenticanza ove lo avesse abbandonato. Il mio sacrificio era stato sincero, gli impegni che aveva contratto verso il mio amico dovevano essere adempiuti.

"In questo stesso momento in cui egli tenta di uccidere la mia reputazione con un'accusa terribile, in questo stesso momento in cui mi odia e m'ingiuria, io non sono venuto meno alle mie promesse, non ho smentito il mio passato e la mia condotta. Le mie preghiere, le mie lacrime, le mie minacce hanno indotto Clemenza a dargli la sua mano di sposa, l'infelice sacrifica la sua beltà e la sua giovinezza a due grandi doveri, alla felicità di uno sventurato che in gran parte divenne tale per lei, alla giustificazione ed alla riabilitazione del suo amante. Sì, Clemenza non lo ha mai amato; se ebbe istanti di acciecamento per lui, ciò avvenne in quel periodo del loro avvicinamento, quando la sua età e la sua inesperienza davano a qualunque istinto di tenerezza il carattere e la spontaneità d'un sentimento d'amore. La mia pressione morale, quella gara di sacrificio nella quale mi aveva impegnato la sua ingratitudine, furono la causa di quelle esitanze, di quell'instabilità del suo contegno, di cui voi non avrete potuto emettere un apprezzamento che tornasse lusinghiero per la sua virtù."

"Sì – io dissi – il contegno di quella fanciulla mi era sembrato incomprensibile: gli schiarimenti che mi avete ora dato me lo fanno apparire chiaro e lodevole. Ma voi avete dunque rinunciato alla sua mano?"

"Sì."

"Ed ella accetta la mano di Eugenio?"

"Con dolore, sì, ma l'accetta."

"La loro unione avrà dunque luogo?"

"Ecco ciò che io non posso dirvi – rispose Lorenzo. – Sono oramai circa tre mesi dacché io l'ho veduto, né so quali sieno le sue risoluzioni. Clemenza persiste nel suo divisamento, ma egli la respinge e la sfugge. So che si è abbandonato a tutti gli eccessi di una ipocondria mortale, che passa le intere notti vegliando, contemplando le tristi reliquie di quella sua gamba, fantasticando stranezze inaudite; e temo che la sua ragione o la sua vita non abbiano ad essere sopraffatte da quella terribile malinconia. Il ricredersi dei suoi inganni, la felicità che gli offre Clemenza potrebbe salvarlo, la sua fede soltanto potrebbe ancora salvarlo, se voi avete impero sul suo cuore adopratevi a ravvivarla, difendete dinanzi a lui la mia causa; non per me, per lui solo; per lui che è sventurato assai più che cattivo, per lui che io amo ancora nonostante l'ingratitudine dei suoi progetti e del suo abbandono."

Lorenzo pronunciò queste parole con voce commossa, malgrado fosse solito dissimularci colle sue festevolezze la sensibilità delicata della sua anima. Questa stessa rinuncia che egli faceva alle esigenze della sua vanità, questa infrazione delle sue abitudini e delle leggi del suo amor proprio, mi dicevano quanto egli amasse ancora Eugenio, quanto sentisse profondamente il dolore della sua perdita.

"Io lo farò – gli dissi; – non ho ancora impero alcuno nel suo cuore, ma tenterò di averne. Voi mi dovete però promettere di secondare i miei sforzi, di sacrificare ancora qualche cosa per lui, il vostro risentimento."

"Farò anche questo – disse Lorenzo, – quantunque disperi di farlo con frutto. Voi dovete tentare più di ogni altra cosa di farlo risolvere ad allontanarsi per qualche tempo da questi luoghi, o a dare sepoltura a quella gamba che è oramai l'unica origine della sua funesta ipocondria."

"Temo di ciò."

"E io non meno."

"E in tal caso..."

"V'ha a disperare che egli guarisca. Ma voi verrete a darmi le sue notizie, non è vero? – aggiunse Lorenzo stringendomi la mano. – Potete immaginare se io le attenderò con impazienza." "Sarò da voi più presto che non credete."

Al domani fui sollecito a recarmi al giardino. Era uno tra i più bei giorni di maggio: gli alberi erano già tutti coperti di fogliuzze, ricchi di quel verde puro, lucido, vivo, di cui la natura non fa pompa che in primavera; i roseti pieni di bocciuoli qua e là mezzo sbocciati, aiuole tutte fiorite dei fiori primaticci, i tulipani, i narcisi, i giacinti, le giunchiglie, le mammole – i fiori il cui profumo accompagna quasi sempre le rimembranze dei nostri amori giovanili. I cigni, le folaghe, le piccole anitre mandarine si tuffavano e si inseguivano nel lago; e il fondo del lago rifletteva le piante, le rive, il cielo alto e sereno, come se quel piccolo lembo di terra si fosse trovato sospeso in un oceano sterminato di azzurro.

Eugenio si era seduto sopra un sedile in un angolo appartato del recinto. Il suo volto pallido e bianco spiccava vivamente dal fondo verde d'una brionia che tappezzava la roccia artificiale del giardino. Quel non so che di malato, di sofferente, di morto che vedevasi in esso, formava un contrasto mestissimo con quei canti, con quel profumo, con quella giovinezza piena e feconda della natura.

"Come state?" gli chiesi io, sedendomi presso di lui, e guardandolo con espressione di tenerezza.

"Male – diss'egli, porgendomi la sua mano e sorridendomi con quel fare languido e affaticato che dà l'abitudine del dolore: – ho passato una cattiva notte, ho avuto dei sogni spaventosi. In queste variazioni repentine di tempo, riprovo con una verità tormentosissima un fenomeno che è comune a tutti i mutilati: risento l'esistenza della gamba che non ho più, e questa illusione mi affanna e non mi lascia pace un istante.

"È un'illusione di cui non potete immaginare tutta la potenza; se il tatto non ve ne accertasse, vi credereste certo d'illudervi. La stessa sensibilità, la stessa comprensione di vita; provate, per esempio, una sensazione al ginocchio, alla caviglia, al piede... allungate subito la mano per istinto, volete toccare, e trovate nulla.

"È una cosa che fa rabbrividire! Voi non sapete che cosa vi è di orribile in questa espressione: trovate nulla!"

“Ma non pensate sempre a ciò” io dissi.

“È egli possibile? – interruppe Eugenio. – Guardate – e mi additò col dito il moncone della sua gamba, la sua stampella, la sua canna: – io porto con me le testimonianze della mia sventura, e le porterò per tutta la vita; potrei forse recarle meco e obliarle?”

“Potete però – io dissi – alleggerirvi il fardello di queste memorie, pensarvi il meno che è possibile, allontanare da voi quella parte che non vi appartiene più, e che non fa che richiamarvele ad ogni istante.”

“Perché non mi appartiene più? Non è essa mia? A chi appartiene ella dunque?”

“A nessuno, alla natura. La vostra individualità morale è ella monca per questo? Il vostro ente psicologico ha forse partecipato a cotesta mutilazione? E ove ciò fosse, potete voi completarlo colla presenza di quella parte, che si è distaccata dalla vostra esistenza, che è uscita dal cerchio della vostra vita?”

“Ecco l'errore – esclamò egli con vivacità, – ecco la fallacia di quei giudizii che la petulanza degli uomini suole formulare con tanta leggerezza. Nulla di più insensato di questo assolutismo di convinzioni che vi siete create senza attingerle dai fatti, che spesso avete accettate servilmente senza esaminare. In un mondo di cose sì molteplici, sì svariate, sì opposte; in mezzo ad uomini ed avvenimenti che mutano sempre, possiamo formarci delle convinzioni stabili, complessive, assolute? Possiamo noi dire: è così, deve essere così, e non altrimenti; quale arroganza! Ecco il vostro errore. Voi credete, e molti crederanno con voi, che la mia individualità morale abbia nulla sofferto per quella perdita. Non è vero. I fenomeni che sono successi nel mio spirito, non possono essere compresi da voi che non li avete provati, ma non per questo potete rifiutarvi di credere che siano avvenuti. Avete forse idee che non abbiate attinte in qualche modo dai sensi? L'impicciolimento, la paralisi delle facoltà del mio spirito non possono per fermo essere comprese da coloro che non subirono una perdita uguale alla mia, ma non possono esser negate. Mi recate degli esempi? Mi citate delle leggi dedotte dall'esperienza? Ogni uomo è un'individualità, è un fatto isolato. Siete voi che imponete delle norme stabili alla natura, che le segnate un limite inesorabile dal quale non può uscire!

“Questa stessa debolezza del mio animo, questa nuova debolezza che mi rende sì necessaria una parte di me che mi giova a nulla, che è morta (poiché ben comprendo che è morta, che mi giova a nulla), non è forse una conseguenza di quel fatto, una menomanza della mia potenza morale! E poi, se lo spirito ha d'uopo del corpo per rivelarsi, per agire, l'incompletazione di questo mezzo non renderà anche incompleta la sua azione? Parmi evidente.

"Voi mi consigliate ad allontanare da me quella porzione che ne fu divelta. Non la considerate più come una parte di me. Parvi impossibile che io possa sentire per essa quella specie di affetto che voi sentite per la vostra gamba, pel vostro braccio, per qualunque altra parte di voi. È naturale. Voi ne giudicate inspirandovi ai rapporti che potete stabilire con essa, la vedete, e basta; non appartiene a voi; la trovate lì, sola, morta, distaccata dall'essere cui appartenne, e il vostro consiglio è una conseguenza logica del vostro istinto. Ma voi non pensate che essa appartenne a me, che fu parte di me per ventitré anni, che io ho coscienza di questa pertinenza, né la posso dimenticare; che ho per lei quell'affetto che voi avete per la vostra gamba viva, né sta in me il menomarlo o il rinunciarvi. Sapete dirmi qual è la natura di questo affetto? Ciascun uomo ama le sue mani, le sue braccia, le altre parti di sé, poiché ama complessivamente se stesso. Ora, potete provarmi che una parte morta non debba amarsi più? E questo amore inesplicabile e energico che abbiamo per noi medesimi donde ci viene? Ove è riposto? È collocato in un centro donde si diffonde e verso il quale ritorna ad affluire, od è sparso per tutte le parti le quali si amano tra di loro e formano la grande unità di questo amore? Mistero singolare ed inesplicabile! Amiamo noi stessi: è l'amore che ama l'amore, è una forza che agisce su sé medesima! Ma se questa potenza di amore ha un centro in ciascuna parte di noi, svanisce ella quando queste parti si distaccano, e si trasformano? Le loro ceneri ci saranno meno care di quanto ce lo fossero le membra che componevano? Perché amiamo gli estinti? Perché amiamo e rispettiamo le loro reliquie? Non sono essi fuori della vita, fuori dell'amore? E chi ha assegnato un limite all'amore? Chi lo ha circoscritto nella vita?

"Ma se voi amate una persona morta, io, vivo, posso ben cedere alle stesse leggi, posso ben amare una parte di me che mi ha appartenuto. E poi... ve lo dissi: io subisco questo amore, questa attrazione, non tento di trattenerla, né voi potete giudicare della sua natura."

"È vero, è vero – io dissi più sopraffatto dall'impeto del suo ragionamento, che persuaso dalla logica delle sue argomentazioni, – ma... nondimeno, parmi che dovreste valervi quanto potete della vostra volontà per vincere, per dominare questo amore (chiamerò così questa debolezza del vostro spirito), anziché compiacervi di secondarla, come mi sembrate fare."

"Ecco un altro errore. La volontà! Ma credete voi che vi sia proprio nella nostra natura una forza libera, distaccata da essa, corrispondente al concetto che racchiude questa parola? Credete seriamente che noi abbiamo una volontà? Che possiamo dirigerla, farla agire come ci aggrada? Non parvi che ciò che noi chiamiamo maggiore o minore potenza di volontà non sia che una maggiore o minore potenza di passioni?"

"Sarebbe a dire?"

"Supponete passioni uguali in tutti gli uomini, avete una forza uguale di volontà. È naturale. Noi diciamo di un animo mite, calmo, impotente, che ha molta forza di volontà; diciamo d'una natura ardente, inquieta, ricca di passioni, che ne ha poca, e se ne giova poco. È una parola; è la stessa cosa che noi chiamiamo virtù nella donna, difetto di passioni, assenza di forza. Che se pure questa forza esiste, noi ne abbiamo esagerato talmente il valore che non è più possibile averne un concetto esatto, e calcolare a norma di esso l'importanza dell'uso che ne possiamo fare. Strano capriccio degli uomini cotesto, che ha tolto tanta parte di responsabilità alla natura per gettarla su sé medesimi!

"Voi mi dite di contare sulla volontà; di servirmene come di un'arma contro la debolezza della mia natura. Quale consiglio!

"Sapete fino a qual grado di potenza giunge questa mia debolezza? Debolezza! È una forza. Singolare mistificazione! Chiamiamo le passioni debolezze... Ma veniamo pure al mio caso. Sapete voi qual è l'influenza che esercita sul mio animo quella reliquia del mio essere, da cui mi vorreste allontanare? Quella gamba? Io mi sento attratto continuamente, incessantemente verso di lei; è impossibile che io possa sottrarmi un istante a quella attrazione. Di giorno la vedo, di notte la sogno. E spesso anche la notte devo balzare dal letto, accendere la mia lampada, guardarla e ricoricarmi più tristo e più atterrito di prima. Non vedete? Non ho più un centro, non sono più un'unità; sono qui e sono altrove in un tempo stesso: dove è l'altra parte di me? Dove è il tutto? La parte sono io che parlo, od è quella? Ove è la forza unificatrice di queste frazioni? Ove è l'io? L'io! Io non appartengo più alla vita, non appartengo del paro alla morte: il mio io è spezzato: dovunque lo si collochi egli è incompleto, anzi egli non è più: mi bilico tra l'essere e il non essere. Né crediate che quella frazione non senta di essere morta, o dirò meglio non rifletta sopra di me quella sensazione. Noi crediamo (né siamo forse in inganno) che un corpo uscito totalmente dalla vita non abbia la coscienza del proprio stato, ma non è lo stesso di un corpo che ne è uscito in parte soltanto, e della parte che ne è uscita. Questa è la terribile coscienza, la terribile sensazione che voi non potrete mai comprendere. Un corpo interamente vivo ha coscienza piena, intatta di vita, un corpo interamente morto non ha coscienza alcuna, io ho coscienza di vita e di morte. Non vi parlerò dei fenomeni che produce questo stato. Io vedo tutto il mio scheletro (ne vedo una parte, e lo vedo tutto), è sì facile l'immaginarlo, il ricostruirlo interamente su quella parte! Spesso nella notte sono assalito da strane visioni, parmi che le mie ossa si sprigionino, escano ad uno ad uno dal mio involucro di carne, e vadano ad aggiungersi a quella parte che ho già perduto. Allora vedo allungarsi le imposte della cassetta, e innalzarsi, e innalzarsi, e apparirvi dentro il mio scheletro intero... io resto immobile come un'ombra, come una cosa vuota, come un edificio privo di sostegni... poi tutto ad un tratto, lo scheletro si sfascia, si scompone, le imposte della cassetta si riabbassano, ogni osso rientra a precipizio dentro di me, rioccupa il suo posto... quello solo rimane, e io soffro e io grido... io lo chiamo... sento che mi manca qualche cosa, sento che non appartengo più totalmente alla vita!... Ma ve ne scongiuro, distogliamo da ciò il nostro discorso, se pure non è già troppo tardi per continuarlo, e per rimanere ancora lontano dalla mia casa.”

“Sì – io dissi – calmatevi, calmatevi, ne riparleremo altra volta; ma perché volete lasciarmi sì presto?”

“Non lo indovinate?”

“Veramente... no...”

“Dio mio! Sono io qui totalmente? Non vi dissi che non posso restare lontano più di qualche ora da lei?”

“Da chi? Da Clemenza?”

“Dalla mia gamba.”

“Buon Dio!”

"Avete nominato Clemenza. Mi fate ricordare della confessione che vi ho fatto ieri. L'avete forse conosciuta? L'avete veduta?"

"No – io dissi, – ho bensì veduto Lorenzo."

"Lorenzo?"

"E gli ho parlato di voi."

"Di me!"

"Di voi. Ve ne aveva chiesta un'autorizzazione formale – aggiunsi sorridendo – e ne ho usato."

"È giusto. Ma in che modo? Sentiamo."

"Devo dirvi apertamente il mio cuore?"

"È ciò che dovete fare."

"Non ve ne offenderete?"

"Immagino che non ve ne saranno delle ragioni."

"Precisamente. Ecco, voi siete un pochino sospettoso – aggiunsi con quella intonazione di voce più dolce che mi era possibile, battendo leggermente colla palma della mano sul suo ginocchio, – siete forse anche un pochino cattivo, troppo propenso a formarvi delle prevenzioni e a lasciarvene dominare. Voi avete trovato in Lorenzo uno di quegli uomini che la natura sembra produrre per errore, tanto è avvezza a crearne pochi, uno di quegli amici fenomenali, di cui possiamo trovare qualche tipo nei nostri cattivi romanzi, molto più agevolmente che nell'arida società in cui viviamo.

"Siate giusto, siate sincero con lui; egli vi ha sacrificato tutto, giacché l'amore è tutto alla nostra età: quando voi eravate in Francia ve ne ha richiamato, quando vi allontanaste da lui la seconda volta vi ha seguito. Non poteva egli abbandonarvi a voi stesso? Che cosa avete fatto voi della sua amicizia? L'avete disconosciuta. Del suo amore? Glielo avete tolto. Della sua reputazione? Gliela avete macchiata. Via, siate imparziale; perché avete dei rancori con lui? Confessate che vi siete dispiaciuto di trovare in lui un uomo che aveva diritto a parere, dico parere, un poco migliore di voi. Noi siamo per natura degli ingrati: volete trovare le cause di qualche ingratitudine mostruosa? Cercatele in un gran beneficio.

Noi ci teniamo molto al cuore, benché sembriamo talora vergognarcene; noi perdoniamo difficilmente ad una persona che amiamo, di essersi mostrata più generosa di noi; il nostro orgoglio è una nobile dote dell'animo, quando lo conteniamo in noi stessi, quando lo rivolgiamo esclusivamente sopra di noi; ma è fango quando lo poniamo come una barriera tra il nostro cuore ed i cuori degli altri uomini."

"Cessate, cessate per carità – disse Eugenio; – voi mi pungete troppo aspramente, voi non tenete conto della mia infermità, delle mie sventure... Non sapete che la sventura ci rende assai spesso ingiusti, e..."

"Ingiusti! – interruppi io. – Sta bene, e voi ne convenite. Non è la vostra ingiustizia che intendo di rimproverarvi, ma la vostra ostinazione a non credere di essere stato ingiusto."

"Non nego di esserlo stato prima di quel giorno, ma dopo?"

"Che giorno?"

"Il giorno dell'amputazione. Come mi giustificate voi questo delitto?"

"Delitto? Esagerazione! Vergognatevi di aver concepito un sospetto così mostruoso sulla condotta di un uomo che vi aveva già tutto sacrificato. È egli possibile! Pensare ciò di un tal uomo! Invocare il giudizio de' medici, avvalorarne il vostro dubbio, gettare una taccia così infamante sul suo nome! Ma voi non comprendete dunque quanto sia terribile la taccia che avete gettata sopra di lui?"

"Voi mi parlate con molta severità, abusate voi pure della mia debolezza" disse egli visibilmente turbato.

"Oh! no, no – interruppi io abbracciandolo; – egli è che io soffro per voi, per Lorenzo, che mi fa male il pensiero della vostra ingratitudine, che vorrei vedervi riconciliati. Ma non pensate che ove pure la vostra amputazione avesse potuto evitarsi, tutta la colpa del vostro amico si ridurrebbe ad un errore di scienza inspiratogli dal timore eccessivo di perdervi?"

"Vorrei esserne convinto."

"Lo dovrete essere: siate ragionevole e lo sarete."

"Non è tutto qui – riprese Eugenio con quella timida esitazione che ci dà la vergogna e la coscienza del nostro torto, – io dovrei richiamarmi le idee che esposi poc'anzi circa l'impotenza della nostra volontà, per giustificarvi la ripugnanza che mi sento nel cuore per lui. Lo credete? La mia infermità mi rese sì debole di mente che io lo accuso del semplice fatto dell'amputazione, sieno pure generosi i motivi che lo indussero a farlo. Accuso Lorenzo come ne accuserei un altro uomo qualunque. È una puerilità, è un'insensatezza, lo comprendo, non occorre che me lo dimostriate... ma che volete? Mi fa male il vederlo... mi fa male, ecco tutto... Non posso più vederlo senza soffrire. Investitevi del mio stato, ponete il vostro spirito nelle identiche situazioni del mio, e comprenderete che questa sensazione è naturale, vedrete almeno, che non è tanto strana come vi potrete forse immaginare."

"Comprendo – io dissi, – ma tentate di vincere questa avversione per quanto vi è possibile: avete se non altro, il dovere di dissimulargliela."

"Questo io farò, e procurerò di riconciliare la mia anima con lui."

"Ve ne ringrazio. E con Clemenza?"

"Non ho alcun rancore con lei, non ho che dell'affetto, un affetto che durerà quanto la mia vita."

"È singolare! Asserite di amarla e la sfuggite. Ora che potrebbe e vorrebbe essere vostra la sfuggite. Donde questa contraddizione?"

"Credete voi – diss'egli – che un uomo nel mio stato possa inspirare una passione di amore che non derivi tutta dalla pietà? Credete che non sia delitto il secondarla?"

"È ciò che non credo. Anzitutto Clemenza vi amava prima che foste colpito da questa sventura. E poi la pietà non è capace di sacrifici sì grandi? Perché non pensate a renderla felice, e a rendere felice voi pure? a guarirvi il cuore, a mettervi in pace con voi stesso, e riconciliarvi coi vostri affetti che non avete motivo di spezzare?"

"Oh mio Dio!" esclamò egli sospirando.

"Non ripudiate – aggiunsi io con fuoco, – non ripudiate la felicità che il cielo vi offre; ve ne pentireste troppo tardi. Non abbandonatevi così a questa tristezza che divora la vostra gioventù senza frutto, che paralizza tutta la vostra attività; diffidate della malinconia, di questo dolce dolore che accarezzate pur troppo, benché vogliate celarlo a voi stesso; la è una lima dorata che rode lentamente cuore e vita. Lo apprenderete troppo tardi. Coraggio, siate meno debole, pensate meno ed operate di più. Sorvolate! È la scienza della vita, è il segreto della felicità. Mi concedete di aiutarvi a raggiungerla cotesta felicità sospirata! Lorenzo e Clemenza saranno domani da voi, li rivedrete, direte loro le vostre afflizioni, aprirete loro il vostro cuore che è troppo chiuso, troppo ripieno; vi ricrederete dei vostri errori, direte a voi stesso: "Come era cieco, come mi era ingannato!"."

"Oh! grazie, grazie" disse Eugenio trattenendo a stento le lacrime.

"E Clemenza sarà vostra – proseguii io, – dovete farlo per essa e per lui; ne avete il dovere."

"Purché ella acconsenta."

"Acconsente."

"Voi mi fate rinascere alla speranza, voi mi riconciliate ancora colla vita" esclamò egli sollevandosi per andarsene.

"È una riconciliazione – dissi io – che tutti gli uomini sentono, o presto o tardi, il dovere di compiere, poiché viene sempre un giorno nella vita in cui si comprende l'insussistenza delle ragioni che ce ne avevano disgustati."

E dopo averlo accompagnato un tratto ci separammo, ed io mi arrestai un istante ad osservarlo, mentre si allontanava pei meandri del giardino.

Tenni la mia promessa. Alcune settimane dopo, in uno splendido mattino di giugno, Lorenzo e il suo amico, Clemenza, sua cugina ed io viaggiavamo in una carrozza da nolo alla volta di Lecco. Ci trovavamo sì pigiati che non v'era mezzo a muovere braccio o gamba senza rompere tutta l'armonia del nostro gruppo; la carrozza mal sicura sulle molle infiacchite ci dondolava come un corpo solo a cinque teste, poiché da quel mucchio di soprabiti e di sottane si vedevano per l'appunto emergere, con diversa gradazione di livello, cinque teste, tre di uomini e due di donna.

Era un mattino stupendo – la strada fiancheggiata da siepi di quelle acacie a lunghe spine note pel martirio tradizionale del Cristo, che hanno le foglie sì piccole e sì lucide – la via bianca e spazzata, racchiusa tra lunghi filari di termini di granito, simili a quelle viuzze che fingono in legno bianco nei loro paesaggi microscopici gli intagliatori del Cantone di Berna – il cielo, quello stesso di cui diceva Manzoni, che è sì bello, quando è bello. E allora era proprio bello! Anzi, ora che ci ripenso, era proprio lo stesso cielo; e poco lungi da noi scorreva la stessa Adda, e in faccia ci stava lo stesso Resegone colla sua vetta crestata, addentellata come la enorme mascella fossile di un mostro antidiluviano. Pescarenico, quel piccolo gruppo di catapecchie e di stamberghe tutte coperte di reti e di cenci d'ogni colore posti fuori a sciorinare, ci stava pure lì presso: non mancavano a compiere il quadro che un Renzo ed una Lucia, quei due amanti sì freddi e pure sì veri, sì veri e pure sì poco verosimili in quella classe povera e dimenticata del popolo. Poiché fra quella gente si pensa di rado a far all'amore, non se ne ha né l'inclinazione né il tempo. L'amore quale lo si concepisce e lo si fa nella classe colta è una superfetazione, una malattia, un contagio portato dalla civiltà, è un patema che si trasfuse nel sangue, e lo si eredita, e lo si trasmette in retaggio col sangue. "Se nel cielo ci si ammala – mi diceva scherzosamente un innamorato – ci si ammalerà certo d'amore, poiché la è in vero una divina malattia." Ma nelle campagne non si ama, non si può amare: quegli arcadi scipiti che screditarono la nostra letteratura coi loro versi o scrissero più menzogne che rime, o non conobbero dell'amore che il lato fisico, che il lato brutale. Quella campagna verdeggiante, quel terreno sì variamente, sì bizzarramente configurato, mi richiamava alla memoria tutte le scene stupende di quel romanzo. Qui si respira i Promessi Sposi, mi diceva Lorenzo guardando attonito a quei monti e a quell'orizzonte. Ed io pensava a quel libro sì celebre, sì perfetto, sì bello e pure sì arido. A quel romanzo che lessi tante volte, e tante volte ributtai là tra i miei libri inutili, dicendo del suo autore: "È buono, è dotto, è nobile ma non ha anima". E il succedersi delle idee mi evocava altre rimembranze, un altro letterato senz'anima. Un anno prima era passato per quella via in una carrozza come quella, con un uomo che fu in procinto di amare, non cattivo, ma debole tanto da vergognarsi di non esserlo e da arrovellarsi a divenirlo, il quale non seppe mai perdonarmi di avermi trovato in tutto migliore di lui. Strana cosa! Conobbi molti uomini che arrossivano di essere onesti, e soprattutto di essere sensibili; vivevano in una continua contraddizione, in una lotta perpetua coi loro principii e collo sforzo che facevano di dissimularli. Tutti o quasi tutti finirono col diventare disonesti. Mi spaventò spesso questo raggomitolarsi, questo accovacciarsi che fa la bontà nel fondo della coscienza, questo atteggiarsi a vergogna. Preferii sempre la disonestà aperta, come un filosofo celebre preferiva ad un nemico equivoco un franco odiatore. Temo che non venga un giorno in cui il vizio abbia a pretendere a buon diritto l'omaggio dovuto alla virtù; in cui s'abbia a dire, a mo' d'esempio: "Meno male! Mi rallegro in vedere che la corruzione incominci a penetrare nelle famiglie". "Chi è che ha commesso quella buona azione? Lo denunceremo al rigore delle leggi." Certo non arriveremo a tanto, ma chi non direbbe che ne siamo sul pendio? Eravamo giunti a poca distanza da Lecco, in un punto in cui s'era convenuto sostare. L'arrestarsi improvviso di quella trabacca sdruscita fece sussultare le nostre cinque teste che s'inchinarono tre da una banda e due dall'altra a modo di riverenza. Il vetturino balzando dal suo sedile e spalancando lo sportello con aria d'uomo che volesse dirci: "Ecco, siete arrivati sani e salvi, non avete a che dire; fuori la mancia" stava in disparte aspettando che ne uscissimo.

"Escano essi; no, escano prima le signore; ma escano prima essi; come vogliono; di chi è questa gamba? badi al mio abito; non metta il piede sulla ruota che può girare."

In capo a cinque minuti eravamo riusciti a sgomitolarci, a riprender ciascuno il suo, e a discendere. V'era ancora qualche gamba e qualche braccio ingranchito, qualche manica e qualche sottana rimboccata con grande imbarazzo delle signore, ma a conti fatti eravamo discesi, e ci accingevamo a salire il pendio del monte che ci stava dirimpetto. Perché avevamo fatta quella carrozzata?

È d'uopo sapere che la mia mediazione aveva riconciliati pienamente Lorenzo ed Eugenio, e che quest'ultimo aveva finalmente offerto la sua mano a Clemenza, la quale avevala accettata con gratitudine. S'erano poste a ciò due condizioni, l'una richiesta da noi, ed era che Eugenio si risolvesse prima a separarsi dalla sua gamba, l'altra offerta spontaneamente da Lorenzo, ed era che egli sarebbe partito, pochi giorni dopo il matrimonio di Eugenio, sopra un brigantino italiano che salpava per la Nuova Olanda, e che lo accettava a bordo impiegandovelo utilmente nella sua qualità di medico. Questo piano non offriva alcuna improbabilità di attuazione; tutto stava a far risolvere Eugenio a dar sepoltura alla sua gamba, e anche in ciò v'era speranza di riuscita. Erano già alcuni giorni che noi l'avevamo avvezzato gradatamente a starne lontano, dapprima trattenendolo con noi in lunghe passeggiate, quindi allontanandolo un poco dalla città, ed ora... ora s'era fatto un progetto più serio, una specie di congiura; si trattava di non lasciarlo tornare in sua casa prima di tre o quattro giorni, e di allontanarne in questo frattempo quella cassetta fatale che gli faceva dar di volta alla ragione. Clemenza era stata incaricata di prepararlo a questa sorpresa, libera d'impiegarvi tutti quei mezzi che teneva a sua disposizione, e non erano pochi. A cose compiute, il matrimonio si sarebbe effettuato sollecitamente.

L'amore e la prospettiva di una felicità di cui aveva già disperato avevano fatto rifiorire un poco la salute cagionevole di Eugenio. Il suo volto aveva ricuperata una lieve tinta di rosa, i suoi occhi avevano come perduto quel non so che di velato e di languido che acquistano nelle malattie; la sua conversazione, deviata da quei soggetti melanconici che la rendevano sì penosa e sì mesta, fluiva lieta, vivace, piccante... La convalescenza ha attrattive che non ha la salute, ha bellezza speciale che affascina; e io comprendeva in questo modo come Clemenza potesse mostrarsi lieta di quell'amore, e adattarsi ad un legame che mi pareva avrebbe dovuto atterrirla.

Si era convenuto nel nostro piano che, appena sostati in quella campagna, avremmo lasciato solo Eugenio con lei; che la fanciulla avrebbe tentato d'indurlo ad acconsentire che la sua gamba ricevesse sepoltura; che in questo caso io sarei tornato a Milano per adempiere a tale incombenza, ed essi mi vi avrebbero raggiunto di lì a tre giorni, girando il lago per Como. Avviandoci su per la falda del monte, noi pigliammo quindi pretesto dall'impotenza di Eugenio alla salita, per pregarlo ad attenderci all'ombra di un verde castagno, e Clemenza, essendosi seduta la prima, e avendo accennato di volergli tenere compagnia, non v'ebbe motivo a replicar parole perché egli accettasse. Li lasciammo là soli. Lorenzo, la cugina della fanciulla ed io continuammo a lenti passi la nostra salita.

Eravamo tutti e tre tristissimi. Il sentiero che si distendeva dinanzi a noi era sì inuguale e sì angusto, che c'era forza l'andarcene ad uno ad uno: io era rimasto in coda alla comitiva, e mi rivolgeva spesso a guardare la fanciulla seduta vicino ad Eugenio.

Era un quadro bellissimo e toccante ad un'ora. In mezzo a tutti quei fiori, a quel verde, l'abito roseo di Clemenza si allargava in un ampio cerchio, dal cui centro si vedeva emergere il suo corpicino pieno e spigliato, e la sua testolina bizzarra, coronata di riccioloni biondissimi che le cadevano giù per le spalle, e si dondolavano ad ogni movenza del capo. Presso di lei, il volto pallido e malinconico di Eugenio, e la sua gamba monca, la sua stampella, il suo bastone che formavano un contrasto ineffabilmente triste colla vivacità, colla gioventù, colla festevolezza di quel gruppo. Oh! Una donna seduta sull'erba! Non provò che cosa sia un istante di vera e d'innocente felicità in amore, chi non passò un'ora della sua vita seduto presso la donna del suo cuore, in un giorno di primavera, sul verde di una balza, in un punto solitario della natura. Vi sono tali rapporti tra la natura e la donna che non possono essere compresi che in quel momento. Passate qualche giorno in campagna, tra uomini; sentirete che vi manca qualche cosa: ponetevi di mezzo una donna – vecchia o fanciulla, qualunque ella sia – vi sentirete subito ravvivati, vi sentirete completi. È un'osservazione che non pochi uomini avranno avuto occasione di fare. Col declinare della vita, coll'avvizzirsi del cuore, si dimenticano molte gioie, molte follie di gioventù, molti dolci momenti di effusione, ma non si obbliano mai gli istanti che si passarono con una fanciulla sul verde di un prato, inseguendosi, folleggiando, coronandosi il capo di fiori: rimangono come tanti punti luminosi nella tenebra impenetrabile del nostro passato.

Ci eravamo seduti anche noi in un piccolo spazio verde che si dilatava in mezzo ai castagni. Lorenzo, accosciato ai piedi di un albero, guardava fisso non so qual cosa al di là del lago, guardava senza vedere, come avviene quando si pensa; e io indovinavo le battaglie che si combattevano nella sua anima. La cugina di Clemenza, una donna non bella, ma attraente per quella mitezza di cuore che ha spesso le stesse seduzioni della bellezza, guardava Lorenzo, e poi me seduto dall'altra parte, e poi ancora Lorenzo; né osava interrompere il corso delle nostre meditazioni. Per noi era un momento mesto, per lui solenne, pei due giovani un momento decisivo. Mi avvicinai a lei: la nostra neutralità ci poneva quasi in dovere di far causa comune, di starcene un poco tra noi, e di discorrere in confidenza dei nostri amici. Lorenzo era abbastanza lontano perché, abbassando un poco la voce, non potesse udirci.

"Credete voi – io le chiesi – che riuscirà a persuaderlo?"

"Senza dubbio – diss'ella; – so quanto è grande l'influenza che la fanciulla esercita sul di lui animo, e non ne posso dubitare menomamente. Temo bensì di Lorenzo."

"Che cosa temete?"

"Che egli non abbia a soffrir troppo della risoluzione di lei. Il suo sacrificio è grande, ma le sue forze sono molto limitate; non crediate che egli sia rassegnato a perderla; vi è disposto, ma non vi è rassegnato. Egli si lusinga che Eugenio non acconsenta, e che il coraggio di Clemenza venga meno al momento decisivo di usarne. Credete, egli conta sull'amore di lei; vi conta senza quasi volerlo, ma non è persuaso ancora di perderla. Si sottoporrà a questa sventura senza lagnarsi, perché Clemenza non lo ami. Ne ebbe pietà, lo amò, si assunse volenterosa il debito di farlo felice, e lo farà, ne sono sicura, Lorenzo..."

"Lorenzo! – interruppi io. – Ma egli è dunque in inganno? La fanciulla li ama entrambi ad un tempo?"

Ella non rispose, e scosse il capo indispettita, come si dolesse di non essere stata compresa.

"Egli – proseguii io – crede di essere il solo amato da lei, crede che ella accetti la mano di Eugenio per le calde preghiere che le ne fece, la considera come unita a se stesso nello scopo di compiere un sacrificio comune."

"Lasciategli questa fede – diss'ella. – Strana cosa è il nostro cuore! Non avete mai amato!"

Io sorrisi.

"Non vi sembrò che il nostro cuore sia qualche cosa che è fuori di noi? Vi provaste a dirigerlo? Vi pare che noi possiamo essere responsabili de' suoi traviamenti?"

"Non saprei, so che amai" io dissi.

"È vero, è vero – riprese ella, – è l'unica cosa che noi possiamo e dobbiamo ricordare. Che importa il perché, il come, lo scopo? Quale insensatezza! Noi vogliamo conoscere le ragioni di tutto, e ci amareggiamo le dolcezze di tutto. Sì... perché vi sono dolcezze nel mondo: tutto sta che la coscienza non ce le faccia apparire vietate."

Io stava per rispondere quando ascoltammo la voce di Eugenio che chiamava da lontano. Guardammo giù dalla balza: egli si avviava lentamente verso di noi a braccio di Clemenza, e ci accennava di scendere. Lorenzo si alzò il primo, e si avviò giù pel sentiero; era pallido più dell'usato, ma calmo. Discendemmo senza parlare. Quando fummo vicini ai due giovani, Clemenza si spiccò dal braccio di Eugenio, e ci venne incontro correndo e battendo le mani. "Acconsente, acconsente" ci ripeteva ella con espressione di una gioia profonda; e mentre sua cugina mi guardava sottocchi, come per dirmi: "Vedete se eravate in inganno", io guardava Lorenzo, il cui volto si era come affilato, come mutato ad un tratto; e indovinava la violenza terribile che egli faceva a se stesso per contenersi, e per mostrarsene lieto. Eugenio sorrideva, ma era pensieroso.

Io non dimenticherò mai la tristezza muta, fredda, agghiacciata che s'impossessò di noi nel rimanente di quel giorno, benché lo trascorressimo ridendo e folleggiando più dell'usato.

Nel mattino seguente accompagnai i quattro giovani alla riva del lago, ove presero imbarco per Como. Eugenio, porgendomi la sua mano agghiacciata, e dandomi le chiavi della sua casa, mi disse: "Fatela seppellire, se è possibile in uno dei cimiteri della città, e senza che nessuno lo sappia; accompagnatevela voi stesso".

E mentre io lasciava la sua mano per allontanarmi, mi si avvicinò di nuovo, e mi sussurrò all'orecchio: "Non tarderò a raggiungervela".

Otto giorno dopo io rivedeva i miei amici che non avevano potuto tornare prima, perché Eugenio s'era ammalato a Como sì improvvisamente e sì gravemente che aveva dato a temere della sua vita. Egli era stato trasportato nella casa della cugina di Clemenza, ove s'era riposto a letto benché si trovasse già in via di guarigione. Li rivedea come persone che io non avessi più vedute da tempo, tanto i loro volti erano mutati, tanto s'era mutata Clemenza stessa.

Eugenio guarì. Le nozze di lui e di Clemenza furono celebrate senza preparativi, senza pompe e quasi in segreto. Lorenzo li accompagnò all'altare.

Alcuni giorni dopo, fedele alla sua promessa, venne a dirci addio, e partì per Genova, donde avrebbe salpato, tre mesi dopo, per la Nuova Olanda.

Le nostre lagrime e la nostre benedizioni lo accompagnarono nel suo viaggio.

Non potrei completare più brevemente il mio racconto che trascrivendo qui alcuni brani d'una lettera che io diressi a Lorenzo, circa quaranta giorni dopo la sua partenza:

"Non ho d'uopo di far appello alla tua virtù, e alla forza dell'animo tuo per prepararti a ricevere con coraggio la terribile notizia che sto per darti. Noi perdemmo il più nobile e il più sventurato dei nostri amici. Eugenio morì ieri sera di un'affezione di cuore, quella stessa malattia che lo colse nella nostra ultima gita sul lago. Sarebbe superfluo dirti le cause della sua infermità: le potrai indovinare agevolmente. Fino al giorno della tua partenza egli si era posto a letto con delirio ipocondriaco: seppimo più tardi che aveva trovato modo di rivedere la sua stanza, di cui Clemenza teneva nascoste le chiavi; e le impressioni subitevi per la mancanza della sua gamba, e le tristi meditazioni che vi fece, provocarono la ricaduta di quella funesta malattia della quale non doveva più guarire. Quella fissazione singolare che lo aveva reso sì ingiusto e sì infelice in questo ultimo anno della sua vita, non era punto scemata o cessata per il nuovo legame contratto con Clemenza, non era fatalmente che assopita. Rientrato nella quiete della famiglia, in un ordine di idee più calmo e più regolare, la sua immaginazione meno distolta dai fatti positivi della vita, spaziò in un campo più vasto e più ideale – tornò alle malinconiche aberrazioni di prima. La fermezza che aveva attinto dall'amore vagheggiato, svanì coll'amore soddisfatto: s'impaurì, dubitò, si meravigliò egli stesso della sua risoluzione; non tardò a soccombere sotto l'oppressione di questo pensiero.

"Impossibile dirti il processo della sua malattia. Dissimulò sempre: vergognavasi di dirne le cause, benché ce le rivelasse sovente nel suo delirio. Dopo che egli aveva acconsentito a separarsi dalla sua gamba, temeva mostrarsi debole nell'apparirci sì soverchiamente addolorato per essa. Soltanto negli ultimi giorni della sua vita prevalse il bisogno di effusione alle esigenze del suo amor proprio; ci confidò tutto, disse non sentirsi più il coraggio di vivere così diviso da quella parte di se stesso, così attratto sempre a raggiungerla.

"Fu allora che io concertai con Clemenza un rimedio che peggiorò repentinamente il suo stato. Prevedendo le tristi eventualità che si avverarono, aveva trattenuto semplicemente presso di me quella sua cassetta fatale; risolvemmo restituirgliela. Fu una risoluzione funesta che aspettò e inacerbì la crisi della sua infermità. La vista di quella parte del suo scheletro, accrescendo in lui quella vaghezza indefinita di morire che lo travagliava da tanto tempo, diede alla sua fissazione e a questo desiderio il carattere di una vera mania. Gliela si ritolse, ma era troppo tardi, peggiorò sempre: noi lo perdemmo senza aver potuto rinvenire alcun rimedio efficace che lo salvasse. Non ti dirò le nostre lagrime e la desolazione di Clemenza; so che tu sentirai non meno intensamente il nostro dolore. Non te ne scrivemmo mai perché saresti venuto qui, e la tua vista avrebbe peggiorato il suo stato. Egli sarà sepolto domani. Clemenza rientrerà nella sua famiglia.

"Io spero che questa immensa sventura ci tornerà meno affliggente per ciò, che ti distoglierà da' tuoi progetti e ti consiglierà a restituirti alle persone che ti amano e ti desiderano".

Sono trascorsi quattro mesi. Mentre scrivo queste pagine, Lorenzo e Clemenza stanno adempiendo alle ultime formalità necessarie per le loro nozze. Lorenzo è sempre uguale, sempre fiducioso ed aperto; il suo volto è ancora animato da quell'allegrezza calma e serena che dà una retta coscienza. La fanciulla è mesta e patita, ma è ancor bella, forse ancor più bella, poiché la bellezza della vergine è spesso una bellezza fredda ed insipida. Il segreto della maternità è la scintilla che anima la bellezza della donna.

Saranno essi felici?

"Io credo – mi diceva ieri la cugina di Clemenza – che Lorenzo non sarà amato mai quanto lo fu e lo sarà Eugenio. L'amore ha d'uopo d'essere santificato dalla morte per durare eterno. Quella venerazione istintiva di cui circondiamo le tombe riveste di una aureola immortale i sepolcri lagrimati dagli amanti. È il prestigio solenne della morte. È una innocente illusione che ci trae a credere che noi avremmo amato eternamente quelle persone che perdemmo, e ne saremmo state eternamente riamate. Ci è facile e dolce il lusingarcene, perciò solo che la morte non può sorgere a smentirci."

"Ma Lorenzo? – chiesi io. – Non sarà egli amato?"

"Lo sarà egli pure" diss'ella.

"Dunque!"

"Ma... è evidente che la vita ha anche le sue seduzioni..."

"E il cuore umano?"

"Una impareggiabile facilità a lasciarsene dominare."

"E il cuore della donna?"

"Il cuore della donna – diss'ella – è talora un vaso d'oro, talora un vaso di fango; ma qualunque sia quello che voi amate, non arriverete mai ad indovinare la natura finché ne scruterete il fondo attraverso le impenetrabili opacità dell'amore."

Io pensai che la cugina di Clemenza avesse parlato da senno nel dirmi queste parole, e le scrissi qui come la sintesi e come la morale di questo breve racconto.

"Non so se le memorie che io sto per scrivere possano avere interesse per altri che per me; le scrivo ad ogni modo per me. Esse si riferiscono pressoché tutte ad un avvenimento pieno di mistero e di terrore, nel quale non sarà possibile a molti rintracciare il filo di un fatto, o desumere una conseguenza, o trovare una ragione qualunque. Io solo il potrò, io attore e vittima a un tempo. Incominciato in quell'età in cui la mente è suscettibile delle allucinazioni più strane e più paurose; continuato, interrotto e ripreso dopo un intervallo di quasi venti anni, circondato di tutte le parvenze dei sogni, compiuto — se così si può dire d'una cosa che non ebbe principio evidente — in una terra che non era la mia, e alla quale mi avevano attratto delle tradizioni piene di superstizioni e di tenebre; io non posso considerare questo avvenimento imperscrutabile della mia vita che come un enigma insolvibile, come l'ombra di un fatto, come una rivelazione incompleta, ma eloquente d'un'esistenza trascorsa. Erano fatti od erano visioni? L'uno e l'altro; né l'uno né l'altro forse. Nell'abisso che ha inghiottito il passato non vi sono più fatti od idee, vi è il passato: i grandi caratteri delle cose si sono distrutti come le cose, e le idee si sono modificate con esse — la verità è nell'istante — il passato e l'avvenire sono due tenebre che ci avviluppano da tutte le parti, e in mezzo alle quali noi trasciniamo, appoggiandoci al presente che ci accompagna e che viene con noi, come distaccato dal tempo, il viaggio doloroso della vita.

Ma abbiamo noi avuta una vita antecedente? Abbiamo previssuto in altro tempo, con altro cuore e sotto un altro destino, alla esistenza dell'oggi? Vi fu un'epoca nel tempo, nella quale abbiamo abitato quei luoghi che ora ignoriamo, amato quegli esseri che la morte ha rapito da anni, vissuto fra quelle persone di cui vediamo oggi le opere, o cerchiamo la memoria nelle storie o nell'oscurità delle tradizioni? Mistero! E nondimeno... sì, io ho sentito spesso qualche cosa che mi parlava d'un'esistenza trascorsa, qualche cosa di oscuro, di confuso, è vero, ma di lontano, di infinitamente lontano. Vi sono delle rimembranze nella mia mente che non possono essere contenute in questo limite angusto della mia vita, per giungere alla cui origine io devo risalire la curva degli anni, risalire molto lontano... due o tre secoli... Anche prima d'oggi mi era avvenuto più volte ne' miei viaggi di arrestarmi in una campagna e di esclamare: "Ma io ho veduto già questo sito, io sono già stato qui altre volte!... questi campi, questa valle, questo orizzonte io li conosco!". E chi non ha esclamato talora, parendogli di ravvisare in qualche persona delle sembianze già note: "Quell'uomo l'ho già veduto: dove? quando? Chi è egli? non lo so, ma per fermo noi ci siamo veduti altre volte, noi ci conosciamo!". Nella mia infanzia vedeva spesso un vecchio che certo aveva conosciuto fanciullo, da cui certo era stato conosciuto già vecchio: non ci parlavamo, ma ci guardavamo come persone che sanno di conoscersi da tempo. Lungo una via di Poole, rasente la spiaggia della Manica, ho trovato un sasso sul quale mi rammento benissimo di essermi seduto, saranno circa settant'anni, e ricordo che era un giorno triste e piovoso, e vi aspettava una persona di cui ho dimenticato il nome e le sembianze, ma che mi era cara. In una galleria di quadri a Graz ho veduto un ritratto di donna che io ho amato, e la riconobbi subito benché ella fosse allora più giovine, e il ritratto le fosse fatto forse vent'anni dopo la nostra separazione. La tela portava la data del 1647: press'a poco a quell'epoca, risale la maggior parte di queste mie memorie.

Vi fu un tempo della mia fanciullezza durante il quale non poteva ascoltare la cadenza di certe canzoni che cantano da noi le donne di campagna nelle fattorie, senza sentirmi trasportare ad un tratto in un'epoca così remota della mia vita, che non avrei potuto risalirvi anche moltiplicando un gran numero di volte gli anni già vissuti nell'esistenza presente. Bastava che io ascoltassi quella nota per cadere sull'istante in uno stato come di paralisi, come di letargia morale che mi rendeva estraneo a tutto ciò che mi circondava, qualunque fosse lo stato d'animo in cui essa mi avesse sorpreso. Dopo i venti anni non ho più riprovato quel fenomeno. Non aveva io più ascoltata quella nota? o la mia anima, già abbastanza immedesimata colla vita presente, si era resa insensibile a quel richiamo?

O che la mia natura è inferma, o che io concepisco in modo diverso dagli altri uomini, o che gli altri uomini subiscono, senza avvertirle, le medesime sensazioni. Io sento, e non saprei esprimere in qual guisa, che la mia vita — o ciò che noi chiamiamo propriamente con questo nome — non è incominciata col giorno della mia nascita, non può finire con quello della mia morte: lo sento colla stessa energia, colla stessa pienezza di sensazione con cui sento la vita dell'istante, benché ciò avvenga in modo più oscuro, più strano, più inesplicabile. E d'altra parte come sentiamo noi di vivere l'istante! Si dice, io vivo. Non basta: nel sonno non si ha coscienza dell'esistere, e nondimeno si vive. Questa coscienza dell'esistere può non essere circoscritta esclusivamente negli stretti limiti di ciò che chiamiamo la vita. Vi possono essere in noi due vite — è sotto forme diverse la credenza di tutti i popoli e di tutte le epoche, — l'una essenziale, continuata, imperitura forse; l'altra a periodi, a sbalzi più o meno brevi, più o meno ripetuti: l'una è l'essenza, l'altra è la rivelazione, è la forma. Che cosa muore nel mondo? La vita muore, ma lo spirito, il segreto, la forza della vita non muore: tutto vive nel mondo.

Ho detto il sonno. E che cosa è il sonno? Siamo noi ben certi che la vita del sonno non sia una vita a parte, un'esistenza distaccata dall'esistenza della veglia? Che cosa avviene di noi in quello stato? chi lo sa dire? Gli avvenimenti a cui assistiamo o prendiamo parte nel sogno non sarebbero essi reali? Ciò che noi chiamiamo con questo nome non potrebbe essere che una memoria confusa di quegli avvenimenti?... Pensiero spaventoso e terribile! Noi forse, in un ordine diverso di cose, partecipiamo a fatti, ad affetti, ad idee di cui non possiamo conservare la coscienza nella veglia; viviamo in altro mondo e tra altri esseri che ogni giorno abbandoniamo, che rivediamo ogni giorno. Ogni sera si muore di una vita, ogni notte si rinasce d'un'altra. Ma ciò che avviene di queste esistenze parziali, avviene forse anche di quell'esistenza intera e più definita che le comprende. Gli uomini hanno sempre rivolto lo sguardo all'avvenire, mai al passato; al fine, mai al principio; all'effetto, mai alla causa; e non di meno quella porzione della vita a cui il tempo può nulla togliere o aggiungere, quella su cui la nostra mente avrebbe maggiori diritti a posarsi, e dalla cui investigazione potrebbe attingere le più grandi compiacenze, e gli ammaestramenti più utili, è quella che è trascorsa in un passato più o meno remoto. Perocché noi abbiamo vissuto, noi viviamo, vivremo. Vi sono delle lacune tra queste esistenze, ma saranno riempiute. Verrà un'epoca in cui tutto il mistero ci sarà rivelato; in cui si spiegherà tutto intero ai nostri occhi lo spettacolo di una vita, le cui fila incominciano nell'eternità e si perdono nell'eternità; nella quale noi leggeremo, come sopra un libro divino, le opere, i pensieri, le idee concepite o compiute in un'esistenza trascorsa, o in una serie di esistenze parziali che abbiamo dimenticate. Se gli altri uomini serbino o no questa fede, non so; ma ciò non potrebbe né fortificare, né abbattere il mio convincimento. Ad ogni modo, ecco il mio racconto.

Nel 1830 io aveva quindici anni, e conviveva colla famiglia in una grossa borgata del Tirolo, di cui alcuni riguardi personali mi costringono a sopprimere il nome. Non erano passate più di tre generazioni dacché i miei antenati erano venuti ad allogarsi in quel villaggio: essi vi erano bensì venuti dalla Svizzera, ma la linea retta della famiglia era oriunda della Germania: le memorie che si conservavano della sua origine erano sì inesatte e sì oscure, che non mi fu mai dato di poterne dedurre delle cognizioni ben definite: ad ogni modo, mi preme soltanto di accertare questo fatto, ed è che il ceppo della mia casa era originario della Germania.

Eravamo in cinque: mio padre e mia madre, nati in quel villaggio, vi avevano ricevuto quell'educazione limitata e modesta che è propria della bassa borghesia. Vi erano bensì delle tradizioni aristocratiche nella mia famiglia, delle tradizioni che ne facevano risalire l'origine al vecchio feudalismo sassone; ma la fortuna della nostra casa si era talmente ristretta che aveva fatto tacere in noi ogni istinto di ambizione e di orgoglio. Non vi era differenza di sorta tra le abitudini della mia famiglia e quelle delle famiglie più modeste del popolo; i miei genitori erano nati e cresciuti tra di esse, la loro vita era tutta una pagina bianca; né io aveva potuto attingere dalla loro convivenza, né trarre dal loro metodo di educazione alcuna di quelle idee, di quelle memorie di fanciullezza che predispongono alla superstizione e al terrore.

L'unico personaggio la cui vita racchiudeva qualche cosa di misterioso e d'imperscrutabile, e che era venuto ad aggiungersi, per così dire, alla mia famiglia, era un vecchio zio legato a noi, dicevasi, da una comunanza d'interessi, di cui però non ho potuto decifrarmi in alcun modo le ragioni, dopo che, e per la morte di lui e per quella di mio padre, io venni in possesso della fortuna della mia casa.

Egli toccava allora — e parlo di quell'età a cui risalgono queste mie memorie — i novant'anni. Era una figura alta e imponente, benché leggermente curvata; aveva tratti di volto maestosi, marcati, direi quasi plastici; l'andamento fiero quantunque vacillante per vecchiaia, l'occhio irrequieto e scrutatore, doppiamente vivo su quel viso, di cui gli anni avevano paralizzata la mobilità e l'espressione. Giovine ancora, aveva abbracciato la carriera del sacerdozio, spintovi dalle pressioni insistenti della famiglia; poi aveva buttata la tonaca e s'era dato al militare; la rivoluzione francese lo aveva trovato nelle sue file; egli aveva passato quarantadue anni lontano dalla sua patria, e quando vi ritornò — poiché non aveva rotti i voti contratti colla Chiesa — riprese l'abito di prete che portò senza macchie e senza affettazione di pietà fino alla morte. Lo si sapeva dotato d'indole pronta benché abitualmente pacata, di volontà indomabile, di mente vasta e erudita, quantunque s'adoprasse a non parerlo. Capace di grandi passioni e di grandi ardimenti, lo si teneva in concetto di uomo non comune, di carattere grande e straordinario. Ciò che contribuiva per altro a circondarlo di questo prestigio, era il mistero che nascondeva il suo passato, erano alcune dicerie che si riferivano a mille strani avvenimenti cui volevasi che egli avesse preso parte — certo egli aveva reso dei grandi servigi alla rivoluzione; quali e con quale influenza non lo si seppe mai: egli morì a novantasei anni portando seco nella sua tomba il segreto della sua vita.

Tutti conoscono le abitudini della vita di villaggio; non mi tratterrò a discorrere di quelle speciali della mia famiglia. Noi ci radunavamo tutte le sere d'inverno in una vasta sala a pian terreno, e ci sedevamo in circolo intorno ad uno di quegli ampi camini a cappa sì antichi e sì comodi, che il gusto moderno ha ora abolito, sostituendovi le piccole stufe a carbone. Mio zio, che abitava un appartamento separato nella stessa casa, veniva qualche volta a prender parte alle nostre riunioni, e ci raccontava alcune avventure de' suoi viaggi o alcune scene della rivoluzione che ci riempivano di terrore e di meraviglia. Taceva però sempre di sé; e richiesto della parte che vi aveva preso, distoglieva la narrazione da quel soggetto.

Una sera — lo ricordo come fosse ieri — eravamo riuniti, secondo il solito, in quella sala; era d'inverno, ma non vi era neve; il suolo gelato e imbiancato di brina rifletteva i raggi della luna in guisa da produrre una luce bianca e viva come quella di un'aurora. Tutto era silenzio, e non si udiva che il martellare alternato di qualche goccia che stillava dai ghiacciuoli delle gronde. Ad un tratto un rumore sordo e improvviso di un oggetto gettato nel cortile dal muricciuolo di cinta, viene ad interrompere la nostra conversazione; mio padre si alza, esce e si precipita fuori della porta che mette sulla via, ma non ode rumore alcuno di passi, né vede, per tutto quel tratto di strada che si distende d'innanzi a lui, alcuna persona che si allontani. Allora raccoglie dal suolo un piccolo involto che vi era stato gettato, e rientra con esso nella sala. Ci raccogliamo tutti dintorno a lui per esaminarlo. Era, meglio che un involto, un grosso plico quadrato in vecchia carta grigiastra macchiata di ruggine, e cucita lungo gli orli con filo bianco e a punti esatti e regolari che accusavano l'ufficio di una mano di donna. La carta, tagliata qua e là dal filo, e arrossata e consumata sugli orli, indicava che quel piego era stato fatto da lungo tempo.

Mio zio lo ricevette dalle mani di mio padre, e lo vidi tremare ed impallidire nell'osservarlo. Tagliatane la carta, ne trasse due vecchi volumi impolverati; e non v'ebbe gettato su gli occhi, che il suo volto si coperse di un pallore cadaverico, e disse, dissimulando un senso di dolore e di meraviglia più vivo: "È strano!". E dopo un breve istante in cui nessuno di noi aveva osato parlare riprese: "È un manoscritto, sono due volumi di memorie che risalgono alle prime origini della nostra famiglia, e contengono alcune gloriose tradizioni della nostra casa. Io ho dato questi due volumi ad un giovine che, quantunque non appartenesse direttamente alla nostra famiglia, vi era congiunto per certi legami che non posso ora qui rivelare. Furono il pegno d'una promessa, cui non io, ma il tempo mi ha impedito di mantenere: sì, il tempo... — aggiunse tra di sé a bassa voce. — Io lo aveva conosciuto all'Università di ***, allorché vi studiava teologia: egli fu ghigliottinato sulla piazza della Greve, e la sua famiglia fu distrutta dalla rivoluzione, saranno ora quarant'anni... non uno gli sopravisse... È strano!...".

E dopo un breve intervallo, osservando che verso la cucitura dei fogli si era accumulata una polvere rossastra leggerissima, ci disse, come si fosse risovvenuto di un pericolo: "Lavatevi le mani".

"Perché?"

"Nulla..."

Ubbidimmo. Si passò tutta quella sera in silenzio: mio zio era in preda a tristi pensieri, e si vedeva che egli si sforzava di evocare o di scacciare delle memorie assai dolorose. Si ritirò assai presto, si rinchiuse nel suo appartamento, e vi stette due giorni senza lasciarsi vedere.

In quella sera io mi coricai in preda a pensieri strani e paurosi di cui non sapeva darmi ragione. Era preoccupato dall'idea di quell'avvenimento più che non avrei dovuto, più che un fanciullo della mia età non avrebbe potuto esserlo. Indarno io tenterei ora di rendere qui colla parola i sentimenti inesplicabili e singolari che si agitavano dentro di me in quell'istante. Parevami che tra quei volumi e mio zio, e me stesso, corressero dei rapporti che non aveva avvertito fino allora, delle relazioni misteriose e lontane, di cui non giungeva a decifrarmi in alcun modo la natura, né a comprendere il fine. Erano, o mi parevano rimembranze. Ma di che cosa? Non lo sapeva. Di che tempo? Remote. Nella mia giovine intelligenza tutto si era alterato e confuso.

Mi addormentai sotto l'impressione di quelle idee, e feci questo sogno.

Aveva venticinque anni: nella mia mente si erano come agglomerate tutte quelle idee, tutte quelle esperienze, tutti quegli ammaestramenti che il tempo mi avrebbe fatto subire durante gli anni che segnavano quella differenza tra l'età sognata e l'età reale; ma io rimaneva nondimeno estraneo a questo maggiore perfezionamento, benché il comprendessi. Sentiva in me tutto lo sviluppo intellettuale di quell'età, ma ne giudicava col senno e cogli apprezzamenti propri de' miei quindici anni. Vi erano due individui in me, all'uno apparteneva l'azione, all'altro la coscienza e l'apprezzamento dell'azione. Era una di quelle contraddizioni, di quelle bizzarrie, di quelle simultaneità di effetti che non sono proprie che dei sogni.

Mi trovava in una gran valle fiancheggiata da due alte montagne: la vegetazione, la coltivazione, la forma e la disposizione delle capanne, e un non so che di diverso, di antico nella luce, nell'atmosfera, in tutto ciò che mi circondava, mi dicevano ch'io mi trovava colà in un'epoca assai remota dalla mia esistenza attuale, due o tre secoli almeno. Ma come era ciò avvenuto? come mi trovava in quelle campagne? Non lo sapeva. Ciò era bensì naturale nel sogno: vi erano degli avvenimenti che giustificavano il mio ristarmi in quel luogo, ma non sapeva quali fossero; non aveva coscienza del loro valore, della loro entità, non l'aveva che della loro esistenza. Era solo e triste. Camminava per uno scopo determinato, prefisso, per un fine che mi attraeva in quel luogo, ma che ignorava. All'estremità della valle s'innalzava una rupe tagliata a picco, alta, perpendicolare, profonda, solcata da screpolature dove non germogliava una liana; e sulla sua sommità vi era un castello che dominava tutta la valle, e quel castello era nero. Le sue torri munite di balestriere erano gremite di soldati, le porte dei ponti calate, le altane stipate d'uomini e di arnesi da difesa; negli appartamenti del castello era rinchiusa una donna di prodigiosa bellezza, che nella consapevolezza del sogno io sapeva essere la dama del castello nero, e quella donna era legata a me da un affetto antico, e io doveva difenderla, sottrarla da quel castello. Ma giù nella valle a' piedi della rupe ove io mi era arrestato, un oggetto colpiva dolorosamente la mia attenzione: sui gradini di un monumento mortuario sedeva un uomo che ne era uscito allora; egli era morto e tuttavia viveva; presentava un assieme di cose impossibile a dirsi, l'accoppiamento della morte e della vita, la rigidità, il nulla dell'una temperata dalla sensitività, dall'essenza dell'altra: le sue pupille che io sapeva essere state abbacinate con un chiodo rovente, erano ancora attraversate da due piccoli fori quadrati che davano al suo sguardo qualche cosa di terribile e di compassionevole a un tempo. A quel fatto si legavano delle memorie di sangue, delle memorie di un delitto a cui io aveva preso parte. Fra me e lui e la dama del castello correvano dei rapporti inesplicabili. Egli mi guardava colle sue pupille forate; e col gesto, e con una specie di volontà che egli non manifestava, ma che io, non so come, leggeva in lui, m'incitava a liberare la dama.

Una via scavata lateralmente nella rupe conduceva al castello. Una immensa quantità di proiettili lanciatimi dai mangani delle torri m'impedivano di giungervi. Ma, strana cosa! tutti quei proiettili enormi mi colpivano, ma non mi uccidevano; nondimeno mi arrestavano. Attraverso le mura del castello, io vedeva la dama correre sola per gli appartamenti coi capelli neri disciolti, col volto e coll'abito bianchi come la neve, protendendomi le braccia con espressione di desiderio e di pietà infinita; e io la seguiva collo sguardo attraverso tutte quelle sale che io conosceva, nelle quali aveva vissuto un tempo con lei. Quella vista mi animava a correre in suo soccorso, ma non lo poteva; i proiettili lanciatimi dalle torri me lo impedivano: a ogni svolto del sentiero la grandine diventava più fitta e più atroce; e quegli svolti erano molti — dopo questo un altro, dopo quello ancora un altro... io saliva e saliva... la dama mi chiamava dal castello, si affacciava dalle ampie finestre coi capelli che le piovevano giù dal seno, mi accennava colla mano di affrettarmi, mi diceva parole piene di dolcezza e di amore, né io poteva giungere fino a lei — era un'impotenza straziante. Quanto durasse quella terribile lotta non so; tutta la durata del sogno, tutto lo spazio della notte... Finalmente, e non sapeva in che modo, era arrivato alle porte del castello; esse erano rimaste indifese, i soldati erano spariti: le imposte serrate si spalancarono da sé cigolando sui cardini irruginiti, e nello sfondo nero dell'atrio vidi la dama col suo lungo strascico bianco, e colle braccia aperte, correre verso di me, attraversando con una rapidità sorprendente, e rasentando appena lo spazzo, la distanza che ci separava. Essa si gettò tra le mie braccia coll'abbandono di una cosa morta, colla leggerezza, coll'adesione di un oggetto aereo, flessibile, soprannaturale. La sua bellezza non era della terra; la sua voce era dolce, ma debole come l'eco di una nota; la sua pupilla nera e velata come per pianto recente, attraversava le più ascose profondità della mia anima senza ferirla, investendola anzi della sua luce come per effetto di un raggio. Noi passammo alcuni istanti così abbracciati: una voluttà mai sentita da me né prima, né dopo quell'ora, mi ricercava tutte le fibre. Per un momento io subii tutta l'ebbrezza di quell'amplesso senza avvertirla: ma non m'era posato su questo pensiero, non era appena discesa in me la coscienza di quella voluttà, che sentii compiersi in lei un'orribile trasformazione. Le sue forme piene e delicate che sentiva fremere sotto la mia mano, si appianarono, rientrarono in sé, sparirono; e sotto le mie dita incespicate tra le pieghe che s'erano formate a un tratto nel suo abito, sentii sporgere qua e là l'ossatura di uno scheletro... Alzai gli occhi rabbrividendo e vidi il suo volto impallidire, affilarsi, scarnarsi, curvarsi sopra la mia bocca; e colla bocca priva di labbra imprimervi un bacio disperato, secco, lungo, terribile... Allora un fremito, un brivido di morte scorse per tutte le mie fibre; tentai svincolarmi dalle sue braccia, respingerla... e nella violenza dell'atto il mio sonno si ruppe: mi svegliai urlando e piangendo.

Tornai a' miei quindici anni, alle mie idee, a' miei apprezzamenti, alle mie puerilità di fanciullo. Tutto quel sogno mi pareva assai più strano, assai più incomprensibile che spaventoso.

Quali erano i sentimenti che si erano impossessati di me in quello stato? Io non aveva ancora conosciuta la voluttà di un bacio, non aveva pensato ancora all'amore, non poteva darmi ragione delle sensazioni provate in quella notte. Ciò non ostante era triste, era posseduto da un pensiero irremovibile; mi pareva che quel sogno non fosse altrimenti un sogno, ma una memoria, un'idea confusa di cose, la rimembranza di un fatto molto remoto dalla mia vita attuale.

Nella notte seguente ebbi un altro sogno. Mi trovava ancora in quel luogo, ma tutto era cambiato; il cielo, gli alberi, le vie non erano più quelli; i fianchi della rupe erano intersecati da sentieri coperti di madreselve; del castello non rimanevano che poche rovine, e nei cortili deserti e negli interstizi delle stanze terrene crescevano le cicute e le ortiche. Passando vicino al monumento che sorgeva prima nella valle e di cui pure non restavano che alcune pietre, l'uomo abbacinato che stava ancora seduto sopra un gradino rimasto intatto, mi disse porgendomi un fazzoletto bruttato di sangue: "Recatelo alla signora del castello". Mi trovai assiso sulle rovine: la signora del castello era seduta al mio fianco — eravamo soli — non si udiva una voce, un'eco, uno stormire di fronde nella campagna. Essa, afferrandomi le mani, mi diceva: "Sono venuta tanto da lontano per rivederti, senti il mio cuore come batte... senti come batte forte il mio cuore!... tocca la mia fronte e il mio seno: oh! sono assai stanca, ho corso tanto; sono spossata dalla lunga aspettazione... erano quasi trecento anni che non ti vedeva".

“Trecento anni!”

“Non ti ricordi? Noi eravamo assieme in questo castello: ma sono memorie terribili! non le evochiamo.”

“Sarebbe impossibile; io le ho dimenticate.”

“Le ricorderai dopo la tua morte.”

“Quando?”

“Assai presto.”

“Quando?”

“Fra venti anni, al venti di gennaio: i nostri destini, come le nostre vite, non potranno ricongiungersi prima di quel giorno.”

“Ma allora?”

“Allora saremo felici, realizzeremo i nostri voti.”

“Quali?”

“Li ricorderai a suo tempo... ricorderai tutto. La tua espiazione sta per finire, tu hai attraversate undici vite prima di giungere a questa, che è l'ultima. Io ne ho attraversate sette soltanto, e sono già quarant'anni che ho compiuto il mio pellegrinaggio nel mondo: tu lo compirai con questa fra venti anni. Ma non posso rimanere più a lungo con te, è necessario che ci separiamo.”

“Spiegami prima questo enimma.”

“È impossibile... Può avvenire però che tu lo abbia a comprendere. Ho rinfacciato ieri a lui la sua promessa; te ne ho restituito il mezzo, quei due volumi, quelle memorie scritte da te, quelle pagine sì colme di affetto... le avrai, se quell'uomo che ci fu allora sì fatale non t'impedirà di averle”.

“Chi?”

“Tuo zio... egli... l'uomo della valle.”

“Egli? mio zio!”

"Sì, e lo hai tu veduto!"

"Lo vidi, e ti manda per me questo fazzoletto insanguinato."

"È il tuo sangue, Arturo — diss'ella con trasporto, — sia lodato il cielo! egli ha mantenuto la sua promessa."

Dicendo queste parole la signora del castello sparve. Io mi svegliai atterrito.

Mio zio stette rinchiuso per due giorni nel suo appartamento: appena ne fu uscito mi precipitai nelle sue stanze per impadronirmi di quei volumi, ma non vi trovai che un mucchio di cenere; egli li aveva dati alle fiamme. Quale non fu però il mio terrore quando nel rimescolare quelle ceneri vi rinvenni alcuni frammenti che parevano scritti di mio pugno, e da alcune parole sconnesse che erano rimaste intelligibili, potei ricostruire con uno sforzo potente di memoria degli interi periodi che si riferivano agli avvenimenti accennati oscuramente in quei sogni! Io non poteva più dubitare della verità di quelle rivelazioni; e benché non giungessi mai ad evocare tutte le mie rimembranze per modo da dissipare le tenebre che si distendevano su quei fatti, non era più possibile che io potessi metterne in dubbio l'esistenza. Il castello nero era spesso nominato in quei frammenti, e quella passione d'amore che pareva legarmi alla signora del castello, e quel sospetto di delitto che pesava sull'uomo della valle vi erano in parte accennati. Oltre a ciò, per una combinazione singolare altrettanto che spaventevole, la notte in cui aveva fatto quel sogno era appunto la notte del venti gennaio: mancavano adunque venti anni esatti alla mia morte.

Dopo quel giorno io non aveva dimenticato mai quel presagio, ma quantunque non ponessi in dubbio che vi fosse un fondo di verità in tutto quell'assieme di fatti, era riuscito a persuadermi che la mia gioventù, la mia sensibilità, la mia immaginazione, avevano contribuito in gran parte a circondarli del loro prestigio. Mio zio, morto sei anni dopo, mentre io era assente dalla famiglia, non aveva fatto alcuna rivelazione che si riferisse a quegli avvenimenti; io non aveva più avuto alcun sogno che potesse considerarsi come uno schiarimento od una continuazione di quelli; e degli affetti nuovi, e delle cure nuove, e delle nuove passioni erano venute a distogliermi da quel pensiero, a crearmi un nuovo stato di cose, un nuovo ordine di idee, ad allontanarmi da quella preoccupazione triste e affannosa.

Non fu che diciannove anni dopo che io dovetti persuadermi per una testimonianza irrefragabile, che tutto ciò che io aveva sognato e veduto era vero, e che il presagio della mia morte doveva conseguentemente avverarsi.

Nell'anno 1849, viaggiando al nord della Francia, aveva disceso il Reno fin presso al confluente della piccola Mosa, e m'era trattenuto a cacciare in quelle campagne.

Errando solo un giorno lungo le falde di una piccola catena di monti, mi era trovato ad un tratto in una valle nella quale mi pareva esser stato altre volte, e non aveva fatto questo pensiero che una memoria terribile venne a gettare una luce fosca e spaventosa nella mia mente, e conobbi che quella era la valle del castello, il teatro de' miei sogni e della mia esistenza trascorsa. Benché tutto fosse mutato, benché i campi, prima deserti, biondeggiassero adesso di messi, e non rimanessero del castello che alcuni ruderi sepolti a metà dalle ellere, ravvisai tosto quel luogo, e mille e mille rimembranze, mai più evocate, si affollarono in quell'istante nella mia anima conturbata.

Chiesi ad un pastore che cosa fossero quelle rovine, e mi rispose: "Sono le rovine del castello nero; non conoscete la leggenda del castello nero? Veramente ve ne sono di molte e non si narrano da tutti allo stesso modo; ma se desiderate di saperla come la so io... se...".

"Dite, dite" io interruppi sedendomi sull'erba al suo fianco, e intesi da lui un racconto terribile, un racconto che io non rivelerò mai, benché altri il possa allo stesso modo sapere, e sul quale ho potuto ricostruire tutto l'edificio di quella mia esistenza trascorsa.

Quando egli ebbe finito, io mi trascinai a stento fino ad un piccolo villaggio vicino, d'onde fui trasportato, già infermo a Wiesbaden, e vi tenni il letto tre mesi.

Oggi, prima di partire, mi sono recato a rivedere le rovine del castello. È il primo giorno di settembre, mancano sei mesi all'epoca della mia morte, sei mesi meno dieci giorni, giacché non dubito che morrò in quel giorno prefisso. Ho concepito lo strano desiderio che rimanga alcuna memoria di me. Assiso sopra una pietra del castello ho tentato di richiamarmi tutte le circostanze lontane di questo avvenimento, e vi scrissi queste pagine sotto l'impressione di un immenso terrore".

*

L'autore di queste memorie, che fu mio amico e letterato di qualche fama, proseguendo il suo viaggio verso l'interno della Germania, morì il venti gennaio 1850, come gli era stato presagito, assassinato da una banda di zingani nelle gole così dette di Giessen presso Freiburgo.

Io ho trovate queste pagine tra i suoi molti manoscritti, e le ho pubblicate.

UNO SPIRITO IN UN LAMPONE

Nel 1854 un avvenimento prodigioso riempì di terrore e di meraviglia tutta la semplice popolazione d'un piccolo villaggio della Calabria.

Mi attenterò a raccontare, con quanta maggior esattezza mi sarà possibile, questa avventura meravigliosa, benché comprenda essere cosa estremamente difficile l'esporla in tutta la sua verità e con tutti i suoi dettagli più interessanti.

Il giovine barone di B. — duolmi che una promessa formale mi vieti di rivelarne il nome — aveva ereditato da pochi anni la ricca ed estesa baronia del suo avo paterno, situata in uno dei punti più incantevoli della Calabria. Il giovine erede non si era allontanato mai da quei monti sì ricchi di frutteti e di selvaggiume; nel vecchio maniere della famiglia, che un tempo era stato un castello feudale fortificato, aveva appreso dal pedagogo di casa i primi erudimenti dello scrivere, e i nomi di tre o quattro classici latini di cui sapeva citare all'occorrenza alcuni distici ben conosciuti. Come tutti i meridionali aveva la passione della caccia, dei cavalli e dell'amore — tre passioni che spesso sembrano camminare di conserva come tre buoni puledri di posta — potevale appagare a suo talento, né s'era mai dato un pensiero di più; non aveva neppur mai immaginato che al di là di quelle creste frastagliate degli Appennini vi fossero degli altri paesi, degli altri uomini e delle altre passioni.

Del resto siccome la sapienza non è uno dei requisiti indispensabili alla felicità — anzi parci l'opposto — il giovine barone di B. sentivasi perfettamente felice col semplice corredo dei suoi distici; e non erano meno felici con lui i suoi domestici, le sue donne, i suoi limieri, e le sue dodici livree verdi incaricate di precedere e seguire la sua carrozza di gala nelle circostanze solenni.

Un solo fatto luttuoso aveva, alcuni mesi prima dell'epoca a cui risale il nostro racconto, portata la desolazione in una famiglia addetta al servigio della casa e alterate le tradizioni pacifiche del castello. Una cameriera del barone, una fanciulla che si sapeva aver tenute tresche amorose con alcuni dei domestici, era sparita improvvisamente dal villaggio; tutte le ricerche erano riuscite vane; e benché pendessero non pochi sospetti sopra uno dei guardaboschi — giovine d'indole violenta che erane stato un tempo invaghito, senza esserne corrisposto — questi sospetti erano poi in realtà così vaghi e così infondati, che il contegno calmo e sicuro del giovane era stato più che sufficiente a disperderli.

Questa sparizione misteriosa che pareva involgere in sé l'idea di un delitto, aveva rattristato profondamente l'onesto barone di B.; ma a poco a poco egli se n'era dimenticato spensierandosi coll'amore e colla caccia: la gioia e la tranquillità erano rientrate nel castello; le livree verdi erano tornate a darsi buon tempo nelle anticamere; e non erano trascorsi due mesi dall'epoca di questo avvenimento che né il barone, né alcuno de' suoi domestici si ricordava della sparizione della fanciulla.

Era nel mese di novembre.

Un mattino, il barone di B. si svegliò un po' turbato da un cattivo sogno, si cacciò fuori del letto, spalancò la finestra, e vedendo che il cielo era sereno, e che i suoi limieri passeggiavano immalinconiti nel cortile e raspavano alla porta per uscirne, disse: "Voglio andare a caccia, io solo; vedo laggiù alcuni stormi di colombi selvatici che si son dati la posta nel seminato, e spero che ne salderanno il conto colle penne". Fatta questa risoluzione finì di abbigliarsi, infilzò i suoi stivali impenetrabili, si buttò il fucile ad armacollo, accomiatò le due livree verdi che lo solevano accompagnare ed uscì circondato da tutti i suoi limieri, i quali agitando la testa, facevano scoppiettare le loro larghe orecchie, e gli si cacciavano ad ogni momento tra le gambe accarezzando colle lunghe code i suoi stivali impenetrabili.

Il barone di B. si avviò direttamente verso il luogo ove aveva veduto posarsi i colombi selvatici. Era nell'epoca delle seminagioni, e nei campi arati di fresco non si scorgeva più un arbusto od un filo d'erba. Le pioggie dell'autunno avevano ammollito il terreno per modo che egli affondava nei solchi fino al ginocchio, e si vedeva ad ogni momento in pericolo di lasciarvi uno stivale. Oltre a ciò i cani, non assuefatti a quel genere di caccia, rendevano vana tutta la strategia del cacciatore, e i colombi avevano appostate qua e là le loro sentinelle avanzate, precisamente come avrebbe fatto un bravo reggimento della vecchia guardia imperiale.

Stizzito da questa astuzia, il barone di B., continuò nondimeno a perseguitarli con maggiore accanimento, quantunque non gli venissero mai al tiro una sola volta; e sentivasi stanco e sopraffatto dalla sete, quando vide lì presso in un solco una pianticella rigogliosa di lamponi carica di frutti maturi.

“Strano! — disse il barone. — Una pianta di lamponi in questo luogo... e quanti frutti! Come sono belli e maturi!”

E abbassando la focaia del fucile, lo collocò presso di sé, si sedette; e spiccando ad una ad una le coccole del lampone, i cui granelli di porpora parevano come argentati graziosamente di brina, estinse, come poté meglio, la sete che aveva incominciato a travagliarlo.

Stette così seduto una mezz'ora; in capo alla quale si accorse che avvenivano in lui dei fenomeni singolari.

Il cielo, l'orizzonte, la campagna non gli parevano più quelli; cioè non gli parevano essenzialmente mutati, ma non li vedeva più colla stessa sensazione di un'ora prima; per servirsi d'un modo di dire più comune, non li vedeva più cogli stessi occhi.

In mezzo a' suoi cani ve n'erano taluni che gli sembrava di non aver mai veduto, e pure riflettendoci bene, li conosceva; se non che li osservava e li accarezzava tutti quanti con maggior rispetto che non fosse solito fare: parevagli in certo modo che non ne fosse egli il padrone, e dubitandone quasi, si provò a chiamarli: “Azor, Fido, Aloff!”.

I cani chiamati gli si avvicinarono prontamente, dimenando la coda.

“Meno male — disse il barone. — I miei cani sembrano essere proprio ancora i miei cani... Ma è singolare questa sensazione che provo alla testa, questo peso... E che cosa sono questi strani desideri che sento, queste volontà che non ho mai avute, questa specie di confusione e di duplicità che provo in tutti i miei sensi? Sarei io pazzo?... Vediamo, riordiniamo le nostre idee... Le nostre idee! Sì, perfettamente... perché sento che queste idee non sono tutte mie. Però... è presto detto riordinarle! Non è possibile, sento nel cervello qualche cosa che si è disorganizzato, cioè... dirò meglio... che si è organizzato diversamente da prima... qualche cosa di superfluo, di esuberante; una cosa che vuol farsi posto nella testa, che non fa male, ma che pure spinge, urta in modo assai penoso le pareti del cranio... Parmi di essere un uomo doppio. Un uomo doppio! Che stranezza! E pure... sì, senza dubbio... capisco in questo momento come si possa essere un uomo doppio. Vorrei sapere perché questi anemoni mezzo fradici per le pioggie, ai quali non ho mai badato in vita mia, adesso mi sembrano così belli e così attraenti... Che colori vivaci, che forma semplice e graziosa! Facciamone un mazzolino.”

E il barone, allungando la mano senza alzarsi, ne colse tre o quattro che, cosa singolare! si pose in seno come le femmine.

Ma nel ritrarre la mano a sé, provò una sensazione ancora più strana; voleva ritrarre la mano, e nel tempo stesso voleva allungarla di nuovo; il braccio mosso come da due volontà opposte, ma ugualmente potenti, rimase in quella posizione quasi paralizzato.

“Mio Dio!” disse il barone; e facendo uno sforzo violento uscì da quello stato di rigidità, e subito osservò attentamente la sua mano come a guardare se qualche cosa vi fosse rotto o guastato. Per la prima volta egli osservò allora che le sue mani erano brevi e ben fatte, che le dita erano piene e fusolate, che le unghie descrivevano un elissi perfetto; e l'osservò con una compiacenza insolita; si guardò i piedi e vedendoli piccoli e sottili, non ostante la forma un po' rozza de' suoi stivali impenetrabili, ne provò piacere e sorrise. In quel momento uno stormo di colombi si innalzò da un campo vicino, e venne a passargli d'innanzi al tiro.

Il barone fu sollecito a curvarsi, ad afferrare il suo fucile, ad inarcarne il cane, ma... cosa prodigiosa! in quell'istante si accorse che aveva paura del suo fucile, che il fragore dello sparo lo avrebbe atterrito; ristette e si lasciò cader l'arma di mano, mentre una voce interna gli diceva: “Che begli uccelli! che belle penne che hanno nelle ali!... mi pare che sieno colombi selvatici...”.

“Per l'inferno! — esclamò il barone portandosi le mani alla testa. — Io non comprendo più nulla di me stesso... sono ancora io, o non sono più io? o sono io ed un altro ad un tempo! Quando mai io ho avuto paura di sparare il mio fucile! Quando mai ho sentito tanta pietà per questi maledetti colombi che mi devastano i seminati? I seminati! Ma... veramente parmi che non sieno più miei questi seminati... Basta, basta, torniamo al castello, sarà forse effetto di una febbre che mi passerà buttandomi a letto.”

E fece atto di alzarsi. Ma in quello istante un'altra volontà che pareva esistere in lui lo sforzò a rimanere nella posizione di prima, quasi avesse voluto dirgli: “No, stiamo ancora un poco seduti”.

Il barone sentì che annuiva di buon grado a questa volontà, poiché dallo svolto della via che fiancheggiava il campo era comparsa una brigata di giovani lavoratori che tornavano al villaggio. Egli li guardò con un certo senso di interesse e di desiderio di cui non sapeva darsi ragione; vide che ve ne erano alcuni assai belli; e quando essi gli passarono d'innanzi salutandolo, rispose al loro saluto chinando il capo con molto imbarazzo, e si accorse che aveva arrossito come una fanciulla. Allora sentì che non aveva più alcuna difficoltà ad alzarsi, e si alzò. Quando fu in piedi gli parve di essere più leggiero dello usato: le sue gambe parevano ora ingranchite, ora più sciolte; le sue movenze erano più aggraziate del solito, quantunque fossero poi in realtà le stesse movenze di prima, e gli paresse di camminare, di gestire, di dimenarsi, come aveva fatto sempre per lo innanzi.

Fece atto di recarsi il fucile ad armacollo, ma ne provò lo stesso spavento di prima, e gli convenne adattarselo al braccio, e tenerlo un poco discosto dalla persona, come avrebbe fatto un fanciullo timoroso.

Essendo arrivato ad un punto in cui la via si biforcava, si trovò incerto per quale delle due strade avrebbe voluto avviarsi al castello. Tutte e due vi conducevano del paro, ma egli era solito percorrerne sempre una sola: ora avrebbe voluto passare per una, e ad un tempo voleva passare anche per l'altra: tentò di muoversi, ma riprovò lo stesso fenomeno che aveva provato poc'anzi: le due volontà che parevano dominarlo, agendo su di lui colla stessa forza, si paralizzarono reciprocamente, resero nulla la loro azione: egli restò immobile sulla via come impietrato, come colpito da catalessi. Dopo qualche momento si accorse che quello stato di rigidità era cessato, che la sua titubanza era svanita, e svoltò per quella delle due strade che era solito percorrere.

Non aveva fatto un centinaio di passi che s'abbatté nella moglie del magistrato la quale lo salutò cortesemente.

"Da quando in qua — disse il barone di B. — io sono solito a ricevere i saluti della moglie del magistrato?" Poi si ricordò che egli era il barone di B., che egli era in intima conoscenza colla signora, e si meravigliò di essersi rivolta questa domanda.

Poco più innanzi si incontrò in una vecchia che andava razzolando alcuni manipoli di rami secchi lungo la siepe.

"Buon dì, Caterina — le disse egli abbracciandola e baciandola sulle guancie, — come state? avete poi ricevuto notizie di vostro suocero?"

"Oh! Eccellenza... quanta degnazione... — esclamò la vecchia, quasi spaventata dalla insolita famigliarità del barone, — le dirò..."

Ma il barone l'interruppe dicendole: "Per carità, guardatemi bene, ditemi: sono ancora io? sono ancora il barone di B.?".

"Oh, signore!..." diss'ella.

Egli non stette ad attendere altra risposta, e proseguì la sua strada, cacciandosi le mani nei capelli, e esclamando: "Io sono impazzito, io sono impazzito".

Gli avveniva spesso lungo la via di arrestarsi a contemplare oggetti o persone che non avevano mai destato in lui il minimo interesse, e vedeali sotto un aspetto affatto diverso di prima. Le belle contadine che stavano sarchiando nei campi coll'abito rimboccato fin sopra il ginocchio, non avevano più per lui alcuna attrattiva, e le parevano rozze, sciatte e sguaiate. Gettando a caso uno sguardo su' suoi limieri che lo precedevano col muso basso e colla coda penzoloni, disse: "Tò! Visir che non aveva che due mesi adesso sembra averne otto suonati, e s'è cacciato anche lui nella compagnia dei cani scelti".

Mancavangli pochi passi per arrivare al castello quando incontrò alcuni de' suoi domestici che passeggiavano ciarlando lungo la via, e, cosa singolare! li vedeva doppi; provava lo stesso fenomeno ottico che si ottiene convergendo tutte e due le pupille verso un centro solo, per modo d'incrociarne la visuale; se non che egli comprendeva che le cause di questo fenomeno erano affatto diverse da quelle; poiché vedeali bensì doppi, ma non si rassomigliavano totalmente nella loro duplicità; vedeali come se vi fossero in lui due persone che guardassero per gli stessi occhi.

E questa strana duplicità incominciò da quel momento ad estendersi su tutti i suoi sensi; vedeva doppio, sentiva doppio, toccava doppio; e — cosa ancora più sorprendente! — pensava doppio. Cioè, una stessa sensazione destava in lui due idee, e queste due idee venivano svolte da due forze diverse di raziocinio, e giudicate da due diverse coscienze. Parevagli in una parola che vi fossero due vite nella sua vita, ma due vite opposte, segregate, di natura diversa; due vite che non potevano fondersi, e che lottavano per contendersi il predominio de' suoi sensi, d'onde la duplicità delle sue sensazioni.

Fu per ciò che egli vedendo i suoi domestici, conobbe bensì che erano i suoi domestici; ma cedendo ad un impulso più forte, non poté fare a meno di avvicinarsi ad uno di essi, di abbracciarlo con trasporto e di dirgli: "Oh! caro Francesco, godo di rivedervi; come state? come sta il nostro barone? — e sapeva benissimo di essere egli il barone. — Ditegli che mi rivedrà fra poco al castello".

I domestici si allontanarono sorpresi; e quello tra loro che erane stato abbracciato, diceva tra sé stesso: "Io mi spezzerei la testa per sapere se è, o se non è veramente il barone che mi ha parlato. Io ho già inteso altre volte quelle parole... non so... ma quella espressione... quell'aspetto... quell'abbraccio... certo, non è la prima volta che io fui abbracciato in quel modo. E pure... il mio degno padrone non mi ha mai onorato di tanta famigliarità". Pochi passi più innanzi, il barone di B. vide un pergolato che s'appoggiava ad un angolo del recinto d'un giardino, per modo che quando era coperto di foglie doveva essere affatto inaccessibile agli occhi dei curiosi. Egli non poté resistere al desiderio di entrarvi, quantunque vi fosse in lui un'altra volontà che l'incitava ad affrettarsi verso il castello. Cedette al primo impulso, e appena sedutosi sotto la pergola, sentì compiersi in se stesso un fenomeno psicologico ancora più curioso.

Una nuova coscienza si formò in lui: tutta la tela di un passato mai conosciuto si distese d'innanzi a' suoi occhi: delle memorie pure e soavi di cui egli non poteva aver fecondata la sua vita vennero a turbare dolcemente la sua anima. Erano memorie di un primo amore, di una prima colpa; ma di un amore più gentile e più elevato che egli non avesse sentito, di una colpa più dolce e più generosa che egli non avesse commesso. La sua mente spaziava in un mondo di affetti ignorato, percorreva regioni mai viste, evocava dolcezze mai conosciute.

Nondimeno tutto questo assieme di rimembranze, questa nuova esistenza che era venuta ad aggiungersi a lui, non turbava, non confondeva le memorie speciali della sua vita. Una linea impercettibile separava le due coscienze.

Il barone di B. passò alcuni momenti nel pergolato, dopo di che sentì desiderio di affrettarsi verso il villaggio. E allora le due volontà agendo su di esso collo stesso accordo, egli ne subì un impulso così potente che non poté conservare il suo passo abituale, e fu costretto a darsi ad una corsa precipitosa.

Queste due volontà incominciarono da quell'istante a dominarsi e a dominarlo con pari forza.

Se agivano d'accordo, i movimenti della sua persona erano precipitati, convulsi, violenti; se una taceva, erano regolari; se erano contrarie, i movimenti venivano impediti, e davano luogo ad una paralisi che si protraeva fino a che la più potente di esse avesse predominato.

Mentre egli correva così verso il castello, uno de' suoi domestici lo vide, e temendo di qualche sventura, lo chiamò per nome. Il barone volle arrestarsi, ma non gli fu possibile; rallentò il passo e si fermò bensì per qualche istante, ma ne seguì una convulsione, un saltellare, un avanzarsi e un retrocedere a sbalzi per modo che sembrava invasato, e gli fu giocoforza continuare la sua corsa verso il villaggio.

Il villaggio non parevagli più quello, parevagli che ne fosse stato assente da molti mesi; vide che il campanile della parrocchia era stato riattato di fresco, e quantunque lo sapesse, gli sembrava tuttavia di non saperlo.

Lungo la strada si abbatté in molte persone che, sorprese di quel suo correre, lo guardavano con atti di meraviglia. Egli faceva a tutte di cappello, benché comprendesse che nol doveva; e quelle rispondevangli togliendosi i loro berretti, e meravigliando di tanta cortesia. Ma ciò che sembrava ancora più singolare era che tutte quelle persone consideravano quasi come naturale quel suo correre, quel suo salutare; e pareva loro di aver travisto, intuito, compreso qualche cosa in que' suoi atti, e non sapevano che cosa fosse. Ne erano però impaurite e pensierose.

Giunto al castello si arrestò; entrò nelle anticamere; baciò ad una ad una le sue cameriere; strinse la mano alle sue livree verdi, e si buttò al collo di una di esse che accarezzò con molta tenerezza, e a cui disse parole come di passione e di affetto.

A quella vista le cameriere e le livree verdi fuggirono, e corsero urlando a rinchiudersi nelle loro stanze.

Allora il barone di B. salì agli altri piani, visitò tutte le sale del castello, e essendo giunto alla sua alcova, si buttò sul letto, e disse: "Io vengo a dormire con lei, signor barone". In quell'intervallo di riposo, le sue idee si riordinarono, egli si ricordò di tutto ciò che gli era avvenuto durante quelle due ore, e se ne sentì atterrito; ma non fu che un lampo. Egli ricadde ben presto nel dominio di quella volontà che lo dirigeva a sua posta.

Tornò a ripetersi le parole che aveva dette poc'anzi: "Io vengo a dormire con lei, signor barone". E delle nuove memorie si suscitarono nella sua anima; erano memorie doppie, cioè le rimembranze delle impressioni che uno stesso fatto lascia in due spiriti diversi, ed egli accoglieva in sé tutte e due queste impressioni. Tali rimembranze però non erano simili a quelle che aveva già evocato sotto la pergola; quelle erano semplici, queste complesse; quelle lasciavano vuota, neutrale, giudice una parte dell'anima; queste l'occupavano tutta: e siccome erano rimembranze di amore, egli comprese in quel momento che cosa fosse la grande unità, l'immensa complessività dell'amore, il quale essendo nelle leggi inesorabili della vita un sentimento diviso fra due, non può essere compreso da ciascuno che per metà. Era la fusione piena e completa di due spiriti, fusione di cui l'amore non è che una aspirazione, e le dolcezze dell'amore un'ombra, un'eco, un sogno di quelle dolcezze. Né potrei esprimere meno confusamente lo stato singolare in cui egli si trovava.

Passò così circa un'ora, scorsa la quale si accorse che quella voluttà andava scemando, e che le due vite che parevano animarlo si separavano. Discese dal letto, si passò le mani sul viso come per cacciarne qualche cosa di leggiero... un velo, un'ombra, una piuma; e sentì che il tatto non era più quello; gli parve che i suoi lineamenti si fossero mutati, e provò la stessa sensazione come se avesse accarezzato il viso di un altro.

V'era lì presso uno specchio e corse a contemplarvisi. Strana cosa! Non era più egli; o almeno vi vedeva riflessa bensì la sua immagine, ma vedeala come fosse l'immagine di un altro, vedeva due immagini in una. Sotto l'epidermide diafana della sua persona, traspariva una seconda immagine a profili vaporosi, instabili, conosciuti. E ciò gli pareva naturalissimo, perché egli sapeva che nella sua unità vi erano due persone, che era uno, ma che era anche due ad un tempo,

Allontanando lo sguardo dal cristallo, vide sulla parete opposta un suo vecchio ritratto di grandezza naturale, e disse: "Ah! questo è il signor barone di B.... Come è invecchiato!". E tornò a contemplarsi nello specchio.

La vista di quella tela gli fece allora ricordare che vi era nel corridoio del castello un'immagine simile a quella che aveva veduto poc'anzi trasparire dalla sua persona nello specchio, e si sentì dominato da una smania invincibile di rivederla. Si affrettò verso il corridoio.

Alcune delle sue cameriere che vi passavano in quell'istante furono prese da uno sgomento ancora più profondo di prima, e corsero fuggendo a chiamare le livree verdi che stavano assembrate nell'anticamera, concertandosi sul da farsi.

Intanto nel cortile del castello si era radunato buon numero di curiosi: la notizia delle follie commesse dal barone si era divulgata in un attimo nel villaggio, e vi aveva fatto accorrere il medico, il magistrato ed altre persone autorevoli del paese.

Fu deciso di entrare nel corridoio. Il disgraziato barone fu trovato in piedi d'innanzi ad un ritratto di fanciulla — quella stessa che era sparita mesi addietro dal castello — in uno stato di eccitamento nervoso impossibile a definirsi. Egli sembrava in preda ad un assalto violento di epilessia; tutta la sua vitalità pareva concentrarsi in quella tela; pareva che vi fosse in lui qualche cosa che volesse sprigionarsi dal suo corpo, che volesse uscirne per entrare nell'immagine di quel quadro. Egli la fissava con inquietudine, e spiccava salti prodigiosi verso di lei, come ne fosse attratto da una forza irresistibile.

Ma il prodigio più meraviglioso era che i suoi lineamenti parevano trasformarsi, quanto più egli affissava quella tela, ed acquistare un'altra espressione. Ciascuna persona riconosceva bensì in lui il barone di B., ma vi vedeva ad un tempo una strana somiglianza coll'immagine riprodotta nel quadro. La folla accorsa nel corridoio si era arrestata compresa da un panico indescrivibile. Che cosa vedevano essi? Non lo sapevano: sentivano di trovarsi d'innanzi a qualche cosa di soprannaturale.

Nessuno osava avvicinarsi, nessuno si moveva: uno spavento insuperabile si era impadronito di ciascuno di essi; un brivido di terrore scorreva per tutte le loro fibre...

Il barone continuava intanto ad avventarsi verso il quadro; la sua esaltazione cresceva, i suoi profili si modificavano sempre più, il suo volto riproduceva sempre più esattamente l'immagine della fanciulla... e già alcune persone parevano voler prorompere in un grido di terrore, quantunque uno spavento misterioso li avesse resi muti od immobili, allorché una voce si sollevò improvvisamente dalla folla che gridava: "Clara! Clara!".

Quel grido ruppe l'incantesimo. "Sì, Clara! Clara!" ripeterono unanimi le persone radunate nel corridoio, precipitandosi l'una sull'altra verso le porte, sopraffatte da un terrore ancora più grande, e quel nome era il nome della fanciulla sparita dal castello, la cui immagine era stata riprodotta dalla tela.

Ma a quella voce, il barone di B. si spiccò dal quadro e si slanciò in mezzo alla folla gridando: "Il mio assassino, il mio assassino!". La folla si sparpagliò e si divise. Un uomo era in terra svenuto — quello stesso che aveva gridato, — il giovane guardaboschi su cui pendevano sospetti per la sparizione misteriosa di Clara.

Il barone di B. fu trattenuto a forza dalle sue livree verdi. Il guardaboschi rinvenuto domandò del magistrato, cui confessò spontaneamente di aver uccisa la fanciulla in un eccesso di gelosia, e di averla sotterrata in un campo, precisamente in quel luogo dove, poche ore innanzi, aveva veduto lo sfortunato barone sedersi e mangiare le coccole del lampone.

Fu data subito al barone di B. una forte dose di emetico che gli fece rimettere i frutti non digeriti, e lo liberò dallo spirito della fanciulla.

Il cadavere di essa, dal cui seno partivano le radici del lampone, fu dissotterrato e ricevette sepoltura cristiana nel cimitero.

Il guardaboschi, tradotto in giudizio, ebbe condanna a dodici anni di lavori forzati.

Nel 1865 io lo conobbi nello stabilimento carcerario di Cosenza che mi era recato a visitare. Mancavangli allora due anni a compiere la sua pena; e fu da lui stesso che intesi questo racconto meraviglioso.

UN OSSO DI MORTO

Lascio a chi mi legge l'apprezzamento del fatto inesplicabile che sto per raccontare.

Nel 1855, domiciliatomi a Pavia, m'era dato allo studio del disegno in una scuola privata di quella città; e dopo alcuni mesi di soggiorno aveva stretto relazione con certo Federico M. che era professore di patologia e di clinica per l'insegnamento universitario, e che morì di apoplessia fulminante pochi mesi dopo che lo aveva conosciuto. Era uomo amantissimo delle scienze, e della sua in particolare — aveva virtù e doti di mente non comuni — senonché, come tutti gli anatomisti ed i clinici in genere, era scettico profondamente e inguaribilmente — lo era per convinzione, né io potei mai indurlo alle mie credenze, per quanto mi vi adoprassi nelle discussioni appassionate e calorose che avevamo ogni giorno a questo riguardo. Nondimeno — e piaceami rendere questa giustizia alla sua memoria — egli si era mostrato sempre tollerante di quelle convinzioni che non erano le sue; ed io e quanti il conobbero abbiamo serbato la più cara rimembranza di lui. Pochi giorni prima della sua morte egli mi aveva consigliato ad assistere alle sue lezioni di anatomia, adducendo che ne avrei tratte non poche cognizioni giovevoli alla mia arte del disegno: acconsentii benché repugnante; e spinto dalla vanità di parergli meno pauroso che non fossi, lo richiesi di alcune ossa umane che egli mi diede e che io collocai sul caminetto della mia stanza. Colla morte di lui io aveva cessato di frequentare il corso anatomico, e più tardi aveva anche desistito dallo studio del disegno. Nondimeno aveva conservato ancora per molti anni quelle ossa, ché l'abitudine di vederle me le aveva rese quasi indifferenti, e non sono più di pochi mesi che, colto da subite paure, mi risolsi a seppellirle, non trattenendo presso di me che una semplice rotella di ginocchio. Questo ossicino sferico e liscio che, per la sua forma e la sua piccolezza io aveva destinato, fino dal primo istante che l'ebbi, a compiere l'ufficio d'un premi-carte, come quello che non mi richiamava alcuna idea spaventosa, si trovava già collocato da undici anni sul mio tavolino, allorché ne fui privato nel modo inesplicabile che sto per raccontare.

Aveva conosciuto a Milano nella scorsa primavera un magnetizzatore assai noto tra gli amatori di spiritismo, e aveva fatto istanze per essere ammesso ad una delle sue sedute spiritiche. Ricevetti poco dopo invito di recarmivi, e vi andai agitato da prevenzioni sì tristi, che più volte lungo la via era stato quasi in procinto di rinunciarvi. L'insistenza del mio amor proprio mi vi aveva spinto mio malgrado. Non starò a discorrere qui delle invocazioni sorprendenti a cui assistetti: basterà il dire che io fui sì meravigliato delle risposte che ascoltammo da alcuni spiriti, e la mia mente fu sì colpita da quei prodigi, che superato ogni timore, concepii il desiderio di chiamarne uno di mia conoscenza, e rivolgergli io stesso alcune domande che aveva già meditate e discusse nella mia mente. Manifestata questa volontà, venni introdotto in un gabinetto appartato, ove fui lasciato solo; e poiché l'impazienza e il desiderio d'invocare molti spiriti a un tempo mi rendevano titubante sulla scelta, ed era mio disegno di interrogare lo spirito invocato sul destino umano, e sulla spiritualità della nostra natura, mi venne in memoria il dottore Federico M. col quale, vivente, aveva avuto delle vive discussioni su questo argomento, e deliberai di chiamarlo. Fatta questa scelta, mi sedetti ad un tavolino, disposi innanzi a me un foglietto di carta, intinsi la penna nel calamaio, mi posi in atteggiamento di scrivere, e concentratomi per quanto era possibile in quel pensiero, e raccolta tutta la mia potenza di volizione, e direttala a quello scopo, attesi che lo spirito del dottore venisse.

Non attesi lungamente. Dopo alcuni minuti d'indugio mi accorsi per sensazioni nuove e inesplicabili che io non era più solo nella stanza, sentii per così dire la sua presenza; e prima che avessi saputo risolvermi a formulare una domanda, la mia mano agitata e convulsa, mossa come da una forza estranea alla mia volontà, scrisse, me inconsapevole, queste parole:

"Sono a voi. Mi avete chiamato in un momento in cui delle invocazioni più esigenti mi impedivano di venire, né potrò trattenermi ora qui, né rispondere alle interrogazioni che avete deliberato di farmi. Nondimeno vi ho obbedito per compiacervi, e perché aveva bisogno io stesso di voi; ed era gran tempo che cercava il mezzo di mettermi in comunicazione col vostro spirito. Durante la mia vita mortale vi ho date alcune ossa che aveva sottratte al gabinetto anatomico di Pavia, e tra le quali vi era una rotella di ginocchio che ha appartenuto al corpo di un ex inserviente dell'Università, che si chiamava Pietro Mariani, e di cui io aveva sezionato arbitrariamente il cadavere. Sono ora undici anni che egli mette alla tortura il mio spirito per riavere quell'ossicino inconcludente, né cessa di rimproverarmi amaramente quell'atto, di minacciarmi, e di insistere per la restituzione della sua rotella. Ve ne scongiuro per la memoria forse non ingrata che avrete serbato di me, se voi la conservate tuttora, restituitegliela, scioglietemi da questo debito tormentoso. Io farò venire a voi in questo momento lo spirito del Mariani. Rispondete".

Atterrito da quella rivelazione, io risposi che conservava di fatto quella sciagurata rotella, e che era felice di poterla restituire al suo proprietario legittimo, che, non v'essendo altra via, mandasse da me il Mariani. Ciò detto, o dirò meglio, pensato, sentii la mia persona come alleggerita, il mio braccio più libero, la mia mano non più ingranchita come dianzi, e compresi, in una parola, che lo spirito del dottore era partito.

Stetti allora un altro istante ad attendere. La mia mente era in uno stato di esaltazione impossibile a definirsi.

In capo ad alcuni minuti, riprovai gli stessi fenomeni di prima, benché meno intensi; e la mia mano, trascinata dalla volontà dello spirito, scrisse queste altre parole:

"Lo spirito di Pietro Mariani, ex inserviente dell'Università di Pavia, è innanzi a voi, e reclama la rotella del suo ginocchio sinistro che ritenete indebitamente da undici anni. Rispondete".

Questo linguaggio era più conciso e più energico di quello del dottore. Io replicai allo spirito:

"Io sono dispostissimo a restituire a Pietro Mariani la rotella del suo ginocchio sinistro, e lo prego anzi di perdonarmene la detenzione illegale; desidero però di conoscere come potrò effettuare la restituzione che mi è domandata". Allora la mia mano tornò a scrivere:

"Pietro Mariani, ex inserviente dell'Università di Pavia, verrà a riprendere egli stesso la sua rotella".

"Quando?" chiesi io atterrito.

E la mano vergò istantaneamente una sola parola: "Stanotte".

Annichilito da quella notizia, coperto di un sudore cadaverico, io mi affrettai ad esclamare, mutando tono di voce ad un tratto.

"Per carità... vi scongiuro... non vi disturbate... manderò io stesso... vi saranno altri mezzi meno incomodi...". Ma non aveva finito la frase che mi accorsi, per le sensazioni già provate dapprima, che lo spirito di Mariani si era allontanato, e che non v'era più mezzo ad impedire la sua venuta.

È impossibile che io possa rendere qui colle parole l'angoscia delle sensazioni che provai in quel momento. Io era in preda ad un panico spaventoso. Uscii da quella casa mentre gli orologi della città suonavano la mezzanotte: le vie erano deserte, i lumi delle finestre spenti, le fiamme nei fanali offuscate da un nebbione fitto e pesante: tutto mi pareva più tetro del solito. Camminai per un pezzo senza sapere dove dirigermi: un istinto più potente della mia volontà mi allontanava dalla mia abitazione. Ove attingere il coraggio di andarvi? Io avrei dovuto riceververi in quella notte la visita di uno spettro: era un'idea da morirne, era una prevenzione troppo terribile.

Volle allora il caso che aggirandomi, non so più per qual via, mi trovassi di fronte a una bettola, su cui vidi scritto a caratteri intagliati in un'impannata, e illuminati da una fiamma interna: "Vini nazionali" e io dissi senz'altro a me stesso: "Entriamovi, è meglio così, e non è un cattivo rimedio; cercherò nel vino quell'ardimento che non ho più il potere di chiedere alla mia ragione". E cacciatomi in un angolo d'una stanzaccia sotterranea domandai alcune bottiglie di vino che bevetti con avidità, benché repugnante per abitudine all'abuso di quel liquore. Ottenni l'effetto che aveva desiderato. Ad ogni bicchiere bevuto il mio timore svaniva sensibilmente, i miei pensieri si dilucidavano, le mie idee parevano riordinarsi, quantunque con un disordine nuovo; e a poco a poco riconquistai talmente il mio coraggio che risi meco stesso del mio terrore, e mi alzai, e mi avviai risoluto verso casa.

Giunto in stanza, un po' barcollante pel troppo vino bevuto, accesi il lume, mi spogliai per metà, mi cacciai a precipizio nel letto, chiusi un occhio e poi un altro, e tentai di addormentarmi. Ma era indarno.

Mi sentiva assopito, irrigidito, catalettico, impotente a muovermi; le coperte mi pesavano addosso e mi avviluppavano e mi investivano come fossero di metallo fuso; e durante quell'assopimento incominciai ad avvedermi che dei fenomeni singolari si compievano intorno a me.

Dal lucignolo della candela che mi pareva avere spento, che era d'altronde una stearica pura, si sollevavano in giro delle spire di fumo sì fitte e sì nere, che raccogliendosi sotto il soffitto lo nascondevano, e assumevano apparenza di una cappa pesante di piombo: l'atmosfera della stanza, divenuta ad un tratto soffocante, era impregnata di un odore simile a quello che esala dalla carne viva abbrustolita, le mie orecchie erano assordate da un brontolio incessante di cui non sapeva indovinare le cause, e la rotella che vedeva lì, tra le mie carte, pareva muoversi e girare sulla superficie del tavolo, come in preda a convulsioni strane e violente.

Durai non so quanto tempo in quello stato: io non poteva distogliere la mia attenzione da quella rotella.

I miei sensi, le mie facoltà, le mie idee, tutto era concentrato in quella vista, tutto mi attraeva a lei; io voleva sollevarmi, discendere dal letto, uscire, ma non mi era possibile; e la mia desolazione era giunta a tal grado che quasi non ebbi a provare alcuno spavento, allorché dissipatosi a un tratto il fumo emanato dal lucignolo della candela, vidi sollevarsi la tenda dell'uscio e comparire il fantasma aspettato.

Io non batteva palpebra. Avanzatosi fino alla metà della stanza, s'inchinò cortesemente e mi disse: "Io sono Pietro Mariani, e vengo a riprendere, come vi ho promesso, la mia rotella".

E poiché il terrore mi rendeva esitante a rispondergli, egli continuò con dolcezza:

"Perdonerete se ho dovuto disturbarvi nel colmo della notte... in quest'ora... capisco che la è un'ora incomoda... ma...".

"Oh! è nulla, è nulla — io interruppi rassicurato da tanta cortesia, — io vi debbo anzi ringraziare della vostra visita... io mi terrò sempre onorato di ricevervi nella mia casa..."

"Ve ne son grato — disse lo spettro — ma desidero ad ogni modo giustificarmi dell'insistenza con cui ho reclamato la mia rotella, sia presso di voi, sia presso l'egregio dottore dal quale l'avete ricevuta; osservate."

E così dicendo sollevò un lembo del lenzuolo bianco in cui era avviluppato, e mostrandomi lo stinco della gamba sinistra legato al femore, per mancanza della rotella, con un nastro nero passato due o tre volte nell'apertura della fibula, fece alcuni passi per la stanza onde farmi conoscere che l'assenza di quell'osso gl'impediva di camminare liberamente.

"Tolga il cielo — io dissi allora con accento d'uomo mortificato — che il degno ex inserviente dell'Università di Pavia abbia a rimanere zoppicante per mia causa: ecco la vostra rotella, là, sul tavolino, prendetela, e accomodatela come potete al vostro ginocchio."

Lo spettro s'inchinò per la seconda volta in atto di ringraziamento, si slegò il nastro che gli congiungeva il femore allo stinco, lo posò sul tavolino, e presa la rotella, incominciò ad adattarla alla gamba.

"Che notizie ne recate dall'altro mondo?" io chiesi allora, vedendo che la conversazione languiva, durante quella sua occupazione. Ma egli non rispose alla mia domanda, ed esclamò con aspetto attristato: "Questa rotella è alquanto deteriorata, non ne avete fatto un buon uso".

"Non credo — io dissi, — ma forse che le altre vostre ossa sono più solide?"

Egli tacque ancora, s'inchinò la terza volta per salutarmi; e quando fu sulla soglia dell'uscio, rispose chiudendone l'imposta dietro di sé. "Sentite se le altre mie ossa non sono più solide".

E pronunciando queste parole percosse il pavimento col piede con tanta violenza che le pareti ne tremarono tutte; e a quel rumore mi scossi e... mi svegliai.

E appena desto, intesi che era la portinaia che picchiava all'uscio e diceva: "Son io, si alzi, mi venga ad aprire".

"Mio Dio! — esclamai allora fregandomi gli occhi col rovescio della mano. — Era dunque un sogno, nient'altro che un sogno! che spavento! Sia lodato il cielo... Ma quale insensatezza! Credere allo spiritismo... ai fantasmi..." E infilzati in fretta i calzoni, corsi ad aprire l'uscio; e poiché il freddo mi consigliava a ricacciarmi sotto le coltri, mi avvicinai al tavolino per posarvi la lettera sotto il premi-carte...

Ma quale fu il mio terrore quando vi vidi sparita la rotella, e al suo posto trovai il nastro nero che vi aveva lasciato Pietro Mariani!

- FINE -